KB102180

검선마도

조돈형 新무협 판타지 소설

FANTASTIC ORIENTAL HEROES

검선마도 1

조돈형 新무협 판타지 소설

초판 1쇄 찍은 날 § 2019년 2월 20일
초판 1쇄 펴낸 날 § 2019년 2월 27일

지은이 § 조돈형
펴낸이 § 서경석

총괄팀장 § 최하나
편집책임 § 김대용
편집 § 강민구, 신나라

펴낸곳 § 도서출판 청어람
등록번호 § 제387-1999-000006호
등록일자 § 1999. 5. 31
어람번호 § 제2-2769호

주소 § 경기도 부천시 부일로 483번길 40 서경B/D 3F (우) 14640
전화 § 032-656-4452 팩스 § 032-656-4453
http://www.chungeoram.com
E-mail § chungeorambook@daum.net

ISBN 979-11-04-91931-2 04810
ISBN 979-11-04-91930-5 (세트)

검선마도

조돈형 新무협 판타지 소설

FANTASTIC ORIENTAL HEROES

1

검선마도

서장 7

제1장 화도(花島)의 소년 13

제2장 수련(修練)을 시작하다 49

제3장 전설(傳說)이 꿈틀대다 85

제4장 독(毒), 독(毒)? 123

제5장 슬픔을 이겨내고 149

제6장 새로운 경지를 개척하다 189

제7장 세상 밖으로 217

제8장 인연(因緣)의 시작 255

서장

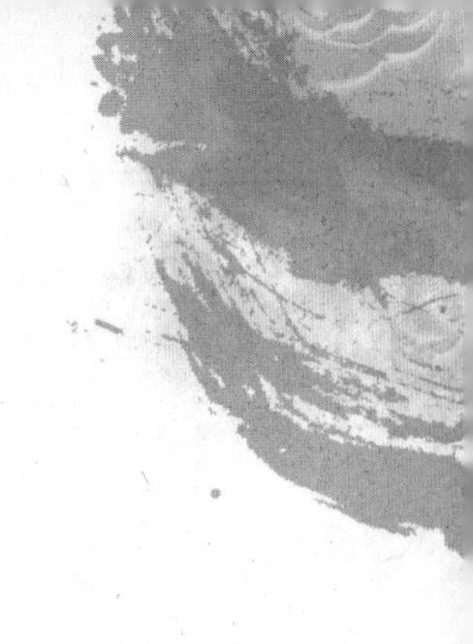

눈을 뜨기도 힘든 비바람이 몰아치고 집채만 한 파도가 넘실거리는 거친 바다.

일엽편주(一葉片舟: 나뭇잎처럼 작은 조각배)가 생존을 위해 필사적인 몸부림을 치고 있었다.

파도가 한번 덮칠 때마다 선체가 바닷물에 잠기며 침몰의 위기를 겪고 파도에 휩쓸린 채 수십여 장을 끌려가는 것도 예사였다.

돛이라 예상되는 것은 이미 부러져 흔적만 남았고 선체 곳곳도 부서져 사실 배라고 부르기도 민망한 지경이었다.

그럼에도 버틸 수 있었던 것은 오직 한 사람 때문이었다.

물에 빠진 생쥐 꼴을 하고 있는 청년.

나이는 대략 스물 전후로 보였다.

큰 키에 딱 벌어진 어깨, 단단한 팔다리가 인상적인 청년은 먼 길을 떠나온 것인지 제법 큰 봇짐을 등에 메고 한 자루의 노를 사방으로 휘돌리며 고래고래 소리를 지르고 있었다.

"덤벼! 다 덤벼!"

휘두르는 노가 집채만 한 파도를 후려쳤다.

하얀 포말과 함께 흩어지는 파도.

배를 덮쳐오는 파도가 노와 부딪치며 흩어지는 광경은 실로 믿기 힘든 장관이었다.

하지만 배를 위협하는 파도는 한 번으로 끝나지 않았다. 또한 청년이 아무리 대단한 능력을 보여주고 있다곤 해도 모든 파도를 완벽하게 막아낼 수는 없었다.

파도에 배가 뒤집힐 뻔한 위기는 수도 없었고 그때마다 청년은 날듯이 몸의 위치를 이동하며 천근추를 시전했다. 배를 뒤집으려는 파도의 힘을 억지로 찍어 누르고 장력을 날리며 배를 위험 속에서 구해냈다.

대자연과 인간의 싸움.

어쩌면 부질없는 발악일 수도 있었으나 청년은 그 부질없는 발악을 꼬박 하루 동안 계속해 오고 있었다.

"알아? 이렇게 돼질 거였으면 섬에서 나오지도 않았어. 그러니까 그만 덤비고 제발 좀 꺼지라고!"

파도를 후려치는 노의 움직임엔 거침이 없었다.

오랫동안 파도와 싸웠으면서도 아직도 힘이 넘치는 모습이었다.

그런 노력과 끈기, 자신감의 결과인지 끝이 보이지 않던 폭풍우가 조금씩 사그라드는 느낌이 들었다.

파도는 여전히 거셌지만 비바람은 눈에 띄게 약화된 것이다.

"고작 이 정도냐? 이 정도에 나를 쓰러뜨릴 수 있……."

악을 써대던 청년이 말끝을 흐리며 고개를 갸웃거렸다.

파도가 유난히 약해진 것이 영 수상했다.

폭풍우의 끝이 보이는 것 같기는 해도 이렇게 급작스럽게 사라질 리가 없었다.

이유는 바로 알 수 있었다.

어림잡아 이십여 장 앞에서 마치 거대한 산처럼 우뚝 솟은 파도가 그를 향해 밀려오는 중이었다.

"지랄!"

노로 어쩌고 할 수 있는 수준이 아니었다.

청년이 노를 집어던지고 순식간에 코앞까지 이른 파도를 똑바로 노려보며 소리쳤다.

"아, 씨팔! 이건 아니잖아!"

청년의 절망 섞인 욕설은 그를 덮친 거대한 파도에 조용히 묻히고 말았다.

제1장

화도(花島)의 소년

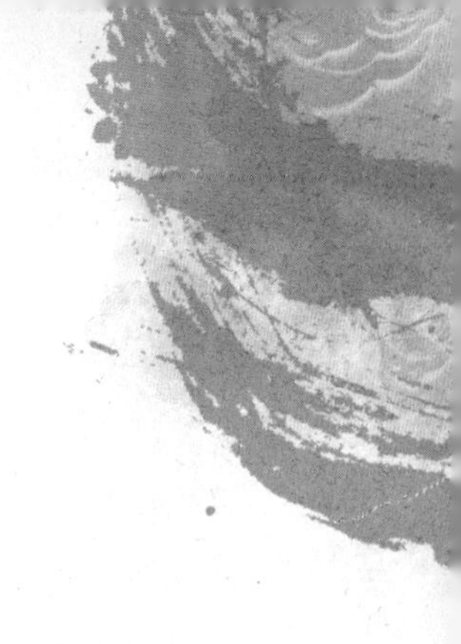

구름 한 점 없는 하늘, 두 노인이 뜨겁게 내리쬐는 햇살을 기묘하게 자란 해송의 그늘에서 피하며 술잔을 기울이고 있다.

평화롭고 한가로운 촌로의 일상과 다를 바 없었으나 두 사람 사이에 흐르는 분위기가 어딘지 이상했다.

"어찌할 테냐?"

빛바랜 청삼을 벗어 왼쪽 어깨에 걸치고 있던 송산이 술잔을 내려놓으며 물었다.

"글쎄, 이것 참. 생각지도 못한 부탁을 들었네."

맞은편, 미간을 찌푸리는 광혼의 얼굴은 곤혹스러움으로 가득했다.

"모른 척할 수는 없는 거겠지?"

광혼이 한숨을 내쉬며 물었다. 그의 미지근한 반응에 송산이 열을 올렸다.

"당연하지. 근 삼 개월 만에 정신이 돌아와서 한 말인데. 아니, 꼭 부탁이 아니라도 우리 손주 놈 얘기잖아. 미뤄오기는 했어도 언젠가는 결론을 내야 했을 문제고."

"녀석도 그렇지만 그 어미도 걱정이야. 지금껏 이런 부탁을 한 적이 없었는데 아무래도 얼마 버티지 못할 것 같다."

광혼이 안쓰런 표정으로 고개를 흔든 뒤 말을 이었다.

"뭐, 지금껏 살아 있다는 것도 기적이긴 하지만."

"우리에게 그런 부탁을 하는 것을 보면 아마도 제 목숨이 멀지 않았다는 것을 아는 것이겠지."

"어쩔 수 없겠군. 어차피 우리가 천년만년 끼고 살 것도 아니고 또 그놈 혼자 이곳에서 영원히 살 것도 아닌 바에야……."

송산의 눈동자가 번득였다.

"그 말인즉 가르치잔 뜻이지?"

"그래, 솔직히 지금도 늦긴 했잖아. 나이를 생각해 보면."

"늦긴 뭐가 늦어. 열 살이면 충분하지. 빌어먹을! 난 옛날부터 그게 마음에 안 들었어. 제대로 걷지도 못하는 꼬맹이들을 데려다가 무슨 무공을 가르친다고. 무슨 대법이니 지랄이니 하며 요상한 짓을 하는 미친놈들은 그렇다 쳐도 명문정파라는 작자들까지 어째서 그리 수선을 떠는 것인지 모르겠다니까."

송산이 불만 가득한 표정으로 벌컥벌컥 술을 들이켜자 광혼이 쓴웃음을 지으며 말했다.

"나이가 들면 세상의 탁기가 몸에 쌓이니 어쩔 수 없는 선택 아닐까?"

"그게 개소리란 걸 우리가 증명했잖아. 기억 안 나? 우리가 개봉 굴다리에서 탈출을 했을 때가 열세 살 때였다."

'개봉 굴다리', 오랜만에 듣는 명칭에 광혼의 입가에 가벼운 미소가 지어졌다.

"운이 좋았던 게지. 좋은, 아니, 뛰어난 스승을 만났다고 해야 하나?"

"흐흐흐! 여기도 있잖아. 좋은 스승과 뛰어난 스승이."

송산이 자신과 광혼을 가리키며 말했다.

"문제는 함께할 수가 없다는 거잖아."

"그렇긴 하지."

두 노인의 시선이 허공에서 부딪쳤다. 짧은 시간에 수많은 의미가 오고 갔다.

"양보하는 게 어때?"

송산이 물었다.

"그건 내가 할 말인데. 명.문.정.파를 사문으로 둔 말코도사는 사문의 허락 없이 함부로 제자를 들일 순 없잖아. 설사 들인다고 하더라도 장차 이 아이가 무림에 나갔을 때 문제가 많을 텐데."

사문을 들먹이자 잠시 움찔한 송산이 언제 그랬냐는 듯 목소리를 높였다.

"내가 가르친다는 데 제 놈들이 어쩔 건데. 족보가 꼬일 수야 있겠지만 뭐, 다 그런 거지. 그리고 아무래도 이쪽이 낫잖아. 그래도 인식이라는 것이 있는데."

"헛소리! 인식이 낫기는. 앞뒤 꽉 막힌 고지식한 인간들뿐이고만."

광혼이 버럭 소리를 질렀다.

발끈하는 광혼의 반응에 괜히 기분이 좋아진 송산이 술잔을 단숨에 비웠다.

"우리끼리 떠들어봤자 결론은 나지 않겠네. 어차피 배우는 것도 녀석이니 선택도 녀석이 하도록 하는 게 어때?"

"좋아. 그 아이가 누구를 선택할지는 뻔한 거지."

"흥! 요즘 조금 친하게 지낸다고 너무 자신하지 않는 게 좋을걸. 우릴 닮아 엉뚱한 구석이 많은 놈이야."

송산의 핀잔에 광혼은 도리어 여유로운 미소를 지었다.

"엉뚱하기는 해도 누구보다 명석하지."

광혼은 자신이 선택받으리라는 것을 믿어 의심치 않았다.

설왕설래(說往說來)를 끝낸 두 노인이 자신만만하게 향한 곳은 섬의 끝자락, 섬 전체가 꽃으로 덮여 있다고 해서 화도(花島)라 불리는 섬에서도 유난히 꽃이 많이 피는 곳이었다.

풍월은 온갖 야생화가 피어 있는 장소의 한편 둥글납작한 바위에 턱을 괴고 앉아 있었다.

열 살 남짓한 나이, 젖살이 통통하게 오른 볼은 괜스레 한 번 꼬집어보고 싶을 정도로 귀여웠으나 진지한 분위기만큼은 여느 어른 못지않았다. 물론 그 모습 자체 또한 앙증맞기 짝이 없었지만.

"이럴 줄 알았지. 역시 장기판을 들여다보고 있었어."

광혼의 말에 송산의 입꼬리가 올라갔다.

"그러게. 꽤나 충격이 컸던 모양이야."

"나름 자신했는데 내리 스무 판을 넘게 깨졌으니 그럴 만도 하지."

"쯧쯧, 그러게 적당히 했어야지."

송산의 혀 차는 소리에 광혼의 눈썹이 살짝 치켜 올라갔다.

"난 그래도 적당히 어울려 주기라도 했지. 자넨 아주 박살을 냈잖아. 그것도 가장 치욕스러운 방법으로."

"치욕스럽긴 뭐가? 제 놈이 고집을 피워서 그런 거지. 진즉에 패배를 인정했으면 그 꼴까지는 당하지 않았잖아."

"그래도 연속으로 세 판 졸장은 좀 그렇잖아. 녀석이 장기판을 엎어버린 것도 이해는 가."

"그렇긴 하지만……."

송산은 풍월이 장기판을 엎은 태도를 지적하며 호되게 야단을 쳤음을 기억하곤 조금은 미안한 표정을 지었다.

"그놈의 승부욕은 누구를 닮은 것인지 모르겠단 말이야. 천성인가?"

"글쎄. 태어나서 보고 자란 것이 우리들이니 우리의 성격을 빼닮은 것일지도 모르지."

송산이 어깨를 으쓱이자 광혼이 너털웃음을 터뜨렸다.

"그건 그래. 천하에 우리만큼 승부욕이 강한 인간들도 없을 테니까. 꼬마 놈에게 져줄 줄도 모르고. 그나저나 머리 싸매고 열심히 연구하는 것을 보니 기특하네. 그렇게 당했으면 어지간하면 아예 쳐다도 안 볼 텐데."

"혼자 연구한다고 뭐가 되는 건 없잖아. 자고로 바둑이나 장기는 상대와 대적하며 실력을 쌓는 것이거늘."

"그래도 흉내는 내고 있잖아."

광혼은 장기말을 번갈아 놓아가며 한없이 진지한 풍월의 모습에 흐뭇한 미소를 지었다.

장기판을 힐끗 바라본 송산이 코웃음을 쳤다.

“보기엔 그럴듯하지만 어차피 제 머리에서 수가 나오는 것이니 대적하는 의미가 없지. 쓸데없이 시간만 잡아먹는 것이야.”

“그렇게 생각하기엔 너무 진지해. 저것 봐. 마치 우리와 승부를 할 때의 표정이잖아.”

“그러게. 어차피 제 놈 머릿속에서 나오는 것인데 뭐가 그리 심각해.”

송산이 풍월을 향해 성큼 다가서려 할 때 광혼이 황급히 그의 팔을 잡았다.

“잠깐.”

“왜?”

“좀 이상하지 않아?”

“뭐가?”

“아니, 그냥 느낌이…….”

광혼은 딱히 뭐라 표현할 수가 없었기에 말을 얼버무렸다.

“실없는 소리는.”

가볍게 팔을 뿌리친 송산이 풍월의 맞은편에 털썩 주저앉았다.

송산을 힐끗 바라본 풍월의 시선이 이내 장기판으로 향했다.

"이놈아, 할애비를 봤으면 인사를 해야 할 것 아니냐?"

삐딱하게 고개를 쳐든 풍월이 퉁명스레 입을 열었다.

"왜요?"

"왜라니! 이 녀석이……."

송산이 눈을 부릅뜨고 주먹을 치켜올리자 광혼이 그의 팔을 잡으며 물었다.

"장기를 두고 있느냐?"

"보시다시피요."

조금 누그러지기는 했어도 풍월의 반응은 여전히 퉁명스러웠다.

"열심히 연구하는구나."

"개망신은 한 번으로 족하잖아요. 특히 졸장 같은."

풍월이 송산을 노려보며 이를 부득 갈았다.

그 눈빛이 제법 매섭다.

찔리는 것이 있던 송산은 헛기침을 하며 슬며시 고개를 돌렸다.

"판을 보니 혼자서 두 사람의 역할을 하는 것 같은데 그래서야 연습이 되겠느냐? 아무리 역할을 철저히 한다고 해도 상대편의 수 역시 네 머릿속에서 나오는 것이니 큰 의미가……."

"달라요."

풍월이 시큰둥하게 말하며 장기판을 가리켰다.

"장기판을 보는 것도 움직이는 사람도 하나지만 생각은 둘인데요."

풍월의 말을 이해하지 못한 광혼과 송산은 서로를 마주 보며 두 눈을 멀뚱거렸다.

"둘… 이 뭐를 해?"

송산이 고개를 갸웃거리며 물었다.

"따로 생각을 한다고요. 요게."

두 노인의 반응에 기분이 좋았는지 풍월이 의기양양한 얼굴로 자신의 머리통을 툭툭 쳤다.

"따로 생각한다면 생각을 분리할 수 있다는 말이냐?"

광혼이 믿기지 않는 표정으로 되물었다.

"분리까지는 잘 모르겠지만 따로따로 생각을 할 수는 있는데요."

풍월의 말에 송산과 광혼의 반응은 격했다.

"말도 안 돼!"

"허!"

풍월은 할아버지들이 자신의 말을 믿지 못한다는 생각을 하자 인상을 찌푸렸다.

"말이 왜 안 돼요? 어릴 때부터 혼자 그렇게 놀았는데. 암튼 믿기 싫음 말아요. 바쁘니까 방해하지도 말고."

귀찮다는 듯 송산과 광혼에게 손짓을 한 풍월의 시선은 이내 장기판으로 향했다.

풍월을 어이없는 눈으로 바라보던 송산과 광혼은 결국 한 걸음 뒤로 물러날 수밖에 없었다.

"믿기냐?"

송산이 물었다.

"모르겠다. 생각을 둘로 나눈다는 것은 결국 분심공(分心功)을 사용한다는 말인데 무림사에 없던 일은 아니니까."

"그거야 그런 무공에 미친 듯이 매달린 인간들이나 가능했던 것이고. 또 그렇게 해서 제대로 성공한 놈들도 거의 없었잖아."

"그렇긴 하지."

"게다가 저 녀석, 열 살이다. 분심공을 익히지도 않았고. 만약 분심공 같은 것이 아니라 아예 다른 놈이 한자리 차지하고 있다면 문제는 심각해진다."

송산의 말에 광혼의 표정이 딱딱하게 굳었다.

"지금 빙의(憑依)를 말하는 거냐? 저 아이 머릿속에 이놈 저놈의 혼이 들어 있다고?"

"확실한 건 아니지만 가능성은 있잖아. 만약 그럴 경우 어떤 일이 벌어질 수 있는지 잘 알고."

"알지. 잘 알고말고."

극히 드문 예로 발생하지만 민간은 물론이고 무림에서도 다른 혼이 빙의가 된 사람들이 존재하곤 했다. 그들 대다수가 자신의 정체성을 감당하지 못하고 미쳐 버리거나 큰 문제를 일으켰다.

이십여 년 전, 강남에서 낮에는 불의를 보면 참지 못하고 언제나 약자 편에 서서 큰 추앙을 받던 검객이 밤만 되면 색마가 되어 부녀자들을 해치고 다녔던 일이 크게 화제가 된 적이 있었다.

당시 검객은 낮과 밤의 행동이 완전히 달랐고 자신이 했던 행동도 전혀 기억을 하지 못해서 많은 이들에게 충격을 주었는데 공교롭게도 그 검객을 잡아 정체를 밝혀낸 사람이 바로 송산이었다.

"정말 빙… 의가 된 것일까?"

광혼이 조심히 물었다.

"모르지. 하지만 자신이 두 가지 생각을 분리할 수 있음을 완전히 인지하고 있는 것을 보면 아닐 가능성이 크다."

말은 그리하면서도 송산은 불안함을 감추지 못했다.

광혼이 여전히 장기판에 집중하고 있는 풍월에게 시선을 돌리며 말했다.

"확인을 해봐야겠어. 난 애당초 생각을 분리한다는 것 자체를 믿을 수 없어. 분명 거짓말을 하는 것이야."

"어찌하려고?"

"말했잖아. 확인을 해봐야겠다고."

광혼이 말이 끝남과 동시에 손을 휘두르자 장기판에 놓여 있던 말들이 그의 소맷자락으로 빨려들어 왔다.

"아, 또 왜요!"

고개를 확 돌린 풍월이 버럭 소리를 질렀다.

"그만하면 연습은 충분한 것 같으니 이 할애비랑 한 판 둬 보자꾸나."

광혼이 풍월의 맞은편에 앉자 소매로 빨려들어 왔던 장기 말들이 장기판 위로 떨어져 내렸다.

"아직 준비가……."

"잔소리 말고."

광혼의 눈꼬리가 위로 치켜 올라가자 풍월의 목소리가 잦아들었다.

눈꼬리가 올라갔을 땐 가급적 비위를 건드리지 않아야 한다. 그렇지 않다면 할아버지의 심술에 적어도 며칠을 고생한다는 것을 어린 풍월은 이미 체득했다.

그것이 끝이 아니었다.

슬그머니 다가온 송산이 흰 돌멩이 하나를 건넸다.

풍월이 바위 같은 데 낙서를 할 때 종종 사용하는 곱돌이었다.

풍월이 의문 어린 시선으로 바라보자 송산이 어느새 납작한 돌판을 가져왔다.

"이 할애비가 불러주는 글귀 좀 적어봐라."

광혼이 장기판을 두드리며 말을 이었다.

"장기를 두면서."

풍월은 그제야 할아버지들이 방금 전 자신이 말한 것에 대한 시험을 하고자 한다는 것을 깨달았다. 절로 콧방귀가 나왔다.

"오호라. 그러니까 내 말을 못 믿겠다는 거네, 그죠?"

"이놈아! 그게 쉽게 믿을 수 있는 게 아니지 않느냐? 잔말 말고 받아쓸 준비나 해라."

언성을 높이는 송산과는 달리 광혼은 그저 조용히 장기말을 포진시킬 뿐이었다.

"뭐, 못 믿겠다면 믿게 해주죠."

재빠른 손놀림으로 장기말을 위치시킨 풍월이 최전선에 위치한 졸을 옆으로 움직이며 말했다.

"내가 먼저 둬요."

"쯧쯧, 말보다 행동이 빠르면 안 된다고 누누이 일렀거늘."

광혼이 가볍게 핀잔을 주곤 대각선 졸을 움직였다.

서로의 응수를 타진하는 몇 수의 움직임이 끝나고 장기판에서 본격적으로 싸움이 시작되었을 때 송산도 입을 열었다.

"도가도(道可道) 비상도(非常道)."

도덕경의 첫 구결이 흘러나왔다.

송산을 힐끗 바라본 풍월이 거침없이 글자를 적어나갔다.

명필도 아니고 학문이 뛰어난 것도 아니나 도덕경은 어렸을 때부터 들어온 터라 크게 막힘이 없었다.

"명가명(名可名) 비상명(非常名)."

송산은 구결을 불러주며 차분히 풍월을 살폈다. 특히 좌우로 열심히 굴러가는 눈동자를 살폈다.

송산은 풍월의 눈동자가 장기판과 글귀를 적어가는 돌판을 번갈아 바라보는 것을 보곤 내심 안도를 했다.

'그럼 그렇지.'

오른손으론 열심히 글귀를 적고 왼손으론 장기말을 움직이고는 있으나 분명 미묘한 시간 차가 있었다.

장기를 둘 줄 알고 도덕경을 알고 있다면 두 가지 일을 거의 동시에 하는 것은 그리 어려운 일은 아니었다.

두 노인의 시선이 허공에서 얽혔다.

같은 생각을 한 것인지 동시에 미소를 지었다. 그들은 풍월이 거짓말을 한다고 여겼다.

광혼이 슬쩍 신호를 보냈다.

'내 말이 맞는 것 같지?'

'그런 것 같다. 그래도 혹시 모르니 확실하게 확인을 해보자고.'

고개를 끄덕인 송산의 말투가 점점 빨라졌다.

"계속하도록 하마. 무명천지지시(無名天地之始), 유명만물지모(有名萬物之母), 고상무욕이관기묘(故常無欲以觀其妙)……."

때를 같이하여 장기말을 움직이는 광혼의 손놀림도 빨라졌다. 아예 딴생각을 하지 못하도록 거칠게 공격을 퍼붓자 장기판은 한 치도 예측할 수 없을 정도의 난전으로 치달았다.

바로 그때부터 풍월의 눈동자가 따로 움직이기 시작했다.

고개는 장기판으로 향해 있었고 왼쪽 눈동자 또한 장기판을 살피고 있지만 놀랍게도 한쪽으로 쏠린 오른쪽 눈동자는 글귀를 적는 손길을 바라보고 있었다.

그걸 눈치챈 송산의 얼굴이 경악으로 물들었다.

혹시나 자신이 잘못 본 것은 아닌가 하여 몇 번을 살피고 또 살폈다.

입에서 흘러나오는 구결은 따라 적기 버거울 정도로 빨랐지만 곱돌을 놀리는 손놀림은 거침이 없었다. 동시에 폭풍이 휘몰아치는 장기판에서도 승기를 잡아가고 있었다.

송산은 진지하게 승부에 임하고 있는 광혼의 옆구리를 쿡 찔렀다. 퍼뜩 정신을 차린 광혼이 송산을 향해 시선을 돌렸다.

'왜?'

송산이 굳은 표정으로 풍월을 가리켰다.

그의 반응에 뭔가 심상치 않음을 느낀 광혼이 긴장된 표정으로 풍월을 살폈다.

새끼손가락을 잘근잘근 씹고 있는 풍월. 어릴 적부터 뭔가 하나에 엄청나게 집중을 하고 있을 때 나오는 버릇이다.

'저 정도면 누가 옆에서 치기 전까진 아무것도 모르지. 글을 제대로 쓸 리가 없는…….'

광혼의 생각은 이어질 수가 없었다.

왼쪽 손가락을 잘근잘근 씹어가며 장기판에 매달리는 것과는 전혀 별개로 곱돌을 쥔 풍월의 오른손이 돌판 위에서 춤을 추듯 움직이고 있음을 확인한 것이다.

'이, 이게 무슨!'

광혼이 두 눈을 부릅떴다.

송산의 전음이 귓가로 날아들었다.

[지금 우리가 보고 있는 것이 사실 같나?]

[그, 그런 것 같은데.]

[어떻게 저게 가능하지?]

질문을 던진 송산이 풍월의 눈동자를 흉내 내기 위해 연신 눈동자를 굴렸다. 하지만 이내 고개를 흔들며 눈동자를 풀었다.

[이건 정말 흉내도 못 내겠어. 전혀 초점도 맞지 않고 어지럽기만 하다.]

송산이 눈을 비빌 때 풍월이 글쓰기를 멈췄다.

"끝? 왜 더 안 불러요?"

놀라운 것은 풍월의 고개가 송산을 향하는 순간, 한쪽으로 치우쳤던 오른쪽 눈동자는 제자리를 찾은 반면 왼쪽 눈동자가 장기판을 향해 쏠렸다는 것이다. 왼쪽 손가락도 여전히 입 속에서 머물렀다.

뭐라 대답을 하기도 전, 전혀 엉뚱한 말이 흘러나왔다.

"장이야!"

광혼의 고개가 장기판으로 향했다. 꼼짝없는 외통수였다.

"이겼다!"

풍월이 두 손을 번쩍 치켜들며 환호했다.

한쪽으로 쏠렸던 눈동자는 어느새 제자리를 찾고 있었다.

풍월은 글귀가 가득한 돌판을 집어 들고 의기양양한 표정을 지으며 말했다.

"이제 알았죠? 내가 거짓말을 하고 있는 게 아니라는걸."

"모르겠다. 아직 모르겠어."

고개를 흔든 광혼이 장기판을 쓸어버리고 가까이 다가가 앉았다.

"눈동자를 마음대로 움직일 수 있는 것이냐?"

"아마도요."

"장난치지 말고 정확하게!"

"당연히 움직일 수 있죠. 생각이 둘인데."

"정확하게 볼 수도 있는 것이고? 보통의 인간이라면 이렇게 눈동자가 움직이면 제대로 볼 수 없다. 절대로."

광혼의 눈동자가 안쪽으로 쏠렸다.

두 눈동자가 따로 노는 풍월을 흉내 내고 싶은 듯했으나 그건 애당초 불가능했다.

"가능하니까 이렇게 쓸 수 있는 거죠. 으이구! 답답하기는."

답답함에 가슴을 치는 풍월을 보곤 광혼은 결국 뒷목을 잡고 말았다.

"근데 애당초 내가 동시에 생각을 할 수 있는지 그런 걸 시험해 보고 싶었으면 이렇게 어렵게 할 필요 없잖아요. 간단하게 할 수 있는 걸."

혀를 찬 풍월이 곱돌을 바위에 부딪쳐 깨더니 양손에 하나씩 집어 들었다.

"불러봐요."

"뭐… 를?"

"아무거나요."

그제야 풍월의 의도를 이해한 두 노인이 긴장된 눈빛으로 시선을 맞추더니 빠르게 입을 열었다.

송산은 도덕경을 이어갔고, 광혼의 입에선 그가 익히고 있는 무공구결이 흘러나왔다.

동시에 풍월의 손도 빠르게 움직였다.

두 노인이 워낙 빠르게 불러 젖히는 터라 쓰는 속도가 따라가기 힘들었지만 그래도 풍월은 완벽하게 자신을 증명해 냈다.

두 노인은 돌판을 채워 나가는 도덕경과 무공구결을 보면서 말을 잃었다. 더 이상의 시험은 무의미했다.

자리에서 일어난 풍월이 돌판에 곱돌을 툭 던지며 말했다.

"이제 됐죠. 난 거짓말하지 않았어요. 아, 이쪽 글씨는 할아버지들이 이해해요. 왼손으로 글 쓰는 건 익숙질 않아서 그런 거니까."

빙글 몸을 돌리는 풍월의 얼굴 가득 승리자의 미소가 피어올랐다.

"……."

도덕경과 무공 글귀로 가득한 돌판과 어깨를 으쓱거리며 걷는 풍월의 뒷모습을 번갈아 바라보는 두 노인은 아무런 말도 하지 못했다.

풍월이 분신공을 사용할 수 있다는 충격적인 사실을 알게 된 그날 밤, 두 노인이 다시금 머리를 맞댔다.

“이봐, 송산! 이건 정말 있을 수 없는 일이다. 있어서는 안 되는 일이고.”

광혼이 심각한 표정으로 고개를 저었다.

그의 음성과 눈빛엔 결코 용납할 수 없다는 굳은 의지가 담겨 있었다.

송산이 광혼의 말투를 흉내 내며 말했다.

“이봐, 광혼! 있을 수 없는 일은 없어. 해보지 않고는 모르는 일이라네.”

“헛소리! 지금 농담이 나오나?”

광혼이 불같이 화를 냈다.

“이게 농담 같아? 명색이 마도의 하늘이라는 패천마궁의 호법께서 왜 이렇게 간덩이가 작아? 그쪽 소문 자자해. 어린애들 데려다가 온갖 짓을 다 해본다고. 거 뭐이냐? 그래. 패천마궁이 자랑하는 미친놈들. 사귀대(四鬼隊)라고 했지 아마. 그놈들이 그렇게 탄생했다던데, 아냐?”

“그래서? 월아에게도 그런 실험을 하잔 말이야?”

실험이란 말에 송산이 흠칫했다.

“아니, 그게 아니라 내 말은…….”

“흥! 약관에 화산파의 후기지수를 대표한다는 십이매화검수(十二梅花劍手)에 선택되고 최연소 장로까지 오른 말코가 그런 말을 해서는 안 되지. 설마하니 화산파에선 제자들의 목숨을 담보로 해서 무공을 가르친다는 말은 아니겠지?"

광혼을 잠시 노려본 송산이 신음하듯 말했다.

"끙. 그건 아니지."

"그런데 피는 섞이지 않았을지는 몰라도 우리의 목숨과도 같은 손주 녀석을 실험에 쓰자고? 절대 용납할 수 없다."

"실험이 아니잖아. 솔직히 위험하다는 것도 알아. 무모하기도 해. 그래, 인정해. 하지만 어쩌면 이건 기회일 수도 있잖아."

"기회? 무슨 기회 말이야?"

"우리 두 사람의 무공이 완벽하게 하나가, 아니, 하나처럼 될 수 있는 기회."

송산의 눈동자엔 열망이 가득했다.

"무림엔 이름 높은 합격술이 많아. 그중에선 그야말로 천하를 호령할 수 있는 합격술도 있다. 그러나 어떤 식으로든 궁극에 이를 순 없지. 합격술이란 말 그대로 상대방의 마음과 의도를 정확히 파악을 해야만 위력이 배가되는 법인데 아무리 상대를 잘 이해한다고 해도 분명 한계는 있으니까."

"그래서?"

광혼이 여전히 마음에 들지 않는다는 듯 몸을 뒤로 누이며 팔짱을 꼈다.

"한 손에 화산파의 검이, 다른 한 손엔 패천마궁의 도가 들린다고 생각해 보란 말이야."

"패천마궁이 아니라 철산도문."

광혼이 손가락을 까딱거리며 말을 바로잡았다.

"그래, 철산도문. 아무튼 검과 도, 정과 마. 완벽하게 상극이 되는 무기와 무공이 어우러질 수만 있다면 그 위력을 무슨 말로 표현할 수 있을까. 게다가 그 무공을 사용하는 놈이 하나의 사고를 완벽하게 둘로 구분해서 행동으로 옮길 수 있는 뭘아라면? 그야말로 무결점의 합공이 아니냔 말이야."

"대단… 하겠지."

광혼이 신음하듯 내뱉었다.

"그렇다니까."

광혼이 자신의 생각을 이해했다고 여긴 송산이 박수를 치며 기꺼워했다. 호들갑을 떨며 술잔을 집는 그의 표정은 어린아이처럼 밝았다.

"그렇지만 거기까지 이르기가 너무 위험하고 힘들어. 절대로 불가능해."

술잔을 집던 송산의 손길이 멈췄다.

"물과 기름이 섞이는 것을 봤어? 불과 물이 어울리는 것은 어때? 상극이 괜히 상극이 아니잖아. 무기야 그렇다 쳐도 우리의 무공이 그래. 성격이 달라도 너무 달라."

고개를 젓는 광혼의 표정은 실로 단호했다.

"답답하긴. 모든 무공은 만류귀종(萬流歸宗)이라 했다. 궁극에 이르러선 결국 하나로 귀결된단 말이야."

답답함을 참지 못한 송산이 가슴을 쳤다.

"만류귀종이란 하나의 이치가 궁극에 이르렀을 때 그 차이가 없어진다는 뜻. 말코 자네의 무공이 극에 이르렀다고 마공을, 노부가 극마지경에 이르렀다고 해서 정공을 쓸 수 있음을 의미하는 것이 결코 아니란 말이다."

서로의 말이 쳇바퀴 돌 듯하자 송산이 거칠게 머리를 흔들었다.

"아, 됐어. 복잡하게 생각하지 말고 간단히 생각해 봐. 고놈은 하나의 머리로 두 가지 생각을 동시에 할 수 있다. 그것을 행동으로 옮길 수도 있고. 맞지?"

"그래."

"하나의 생각으론 철산도문의 무공을, 다른 하나론 화산파의 무공을 익힌다. 어때?"

"말은 그럴듯해. 그렇다면 이 문젠 어떻게 해결을 할 건데?"

광혼이 마치 회심의 일격을 준비한 사람처럼 목소리를 착 깔았다.

"뭐를?"

송산이 시큰둥한 얼굴로 되물었다.

"단순히 형(形)과 식(式)을 익히는 것이라면 딱히 생각을 분리하지 않아도 익히는 데 문제가 없을 수도 있어. 아니, 총명한 녀석이니 누구보다 잘해낼 것이라 믿지. 하지만 우리가 원하는 수준은 그게 아니잖아."

"당연하지. 우리의 손자라면 못해도 천하를 뒤흔들 정도는 되어야지."

"그것이 가능하려면 월이 그놈이 익힌 형과 식을 뒷받침할 수 있는 내력을 지녀야 하잖아. 그럼 묻지. 단전은 하나이고 기가 움직일 수 있는 통로 또한 하나. 정공과 마공이 하나로 섞일 수 있다고 보는 거야?"

"안 될 건 또 뭔데?"

송산이 기다렸다는 듯 되물었다. 마치 그런 질문을 던질 줄 알고 있었다는 듯한 표정이다.

"뭐라고? 지금 그걸 말이라고……."

진지하기 그지없는 자신에 비해 송산의 반응이 너무도 장난스럽다고 여긴 것인지 광혼의 낯빛이 검붉게 변했다. 날카로운 검미가 하늘 위로 치솟았다.

"생각을 둘로 나눈 녀석이다. 단전을, 기가 흐르는 길을 둘로 나누지 못하라는 법도 없어. 그리고 애당초 상식을 논할 상황이 아니잖아. 이곳에 아예 다른 놈의 혼이 숨어 있는 경우는 몰라도 저 어린 나이에 생각을 완벽하게 나눈다는 것을 상상이나 해봤냐고?"

송산이 자신의 머리를 툭툭 치며 물었다.

"그, 그건……."

광혼은 말문이 탁 막혔다.

뭐라 대꾸할 말을 찾을 수가 없었다. 애당초 송산의 말대로 지금의 상황 자체가 말이 되지 않는 것이었으니까.

"확실한 것은 없어. 모든 것이 우리의 막연한 추측일 뿐. 그리고 뭐가 그리 걱정이야? 아니다 싶으면 바로 중단하면 되는 거지. 우리가 그 정도 능력은 되잖아. 안 그래?"

송산이 웃으며 술잔을 건네자 묵묵히 침묵하던 광혼은 한참의 시간이 흐른 뒤 땅이 꺼져라 한숨을 내쉬곤 술잔을 받았다.

"그래, 맞다. 어쩌면 노부가 너무 깊게 생각한 것일 수도. 문제가 있다면 바로 중단하면 되는 것을."

"내 말이 바로 그거야."

송산이 그제야 말이 통한다는 듯 박수를 쳤다.

"하지만 그 판단 또한 녀석에게 맡기는 것이 맞다고 본다. 당사자가 거부하면 그만이니까."

"좋아. 그렇다면 이제 선택지는 세 가지가 되는 셈이군."

"세 가지?"

광혼이 고개를 갸웃거리며 묻자 송산이 의미심장한 미소를 지으며 말했다.

"정도냐, 마도냐, 아니면 둘 다냐?"

모두를 포기하는 것은 아예 논외였다.

"할래요."

생각할 것도 없다는 듯 대답은 참으로 간단했다.

송산과 광혼 두 사람이 지난 밤, 치열하게 논쟁을 벌인 것을 허무하게 만드는 대답이었다.

기꺼워하는 송산과는 달리 광혼의 안색은 어두웠다.

"설명을 제대로 들은 것이냐? 네가 생각하는 것보다 훨씬 위험할 수 있다. 지금껏 누구도 가보지 못했던 길을 가려는 것이야."

"어허! 이미 결정이 난 상황에서 왜 자꾸 쓸데없는 소리를 해."

광혼에게 핀잔을 준 송산이 풍월의 머리를 쓰다듬으며 말했다.

"잘 결정했다. 다소 험난한 길임은 부인할 수 없는 것이지만 사내라면 그런 모험심은 있어야 하는 법이지. 암, 사내라면 그래야 한다."

자신이 원하는 대답을 해준 것이 기특했는지 송산은 풍월에게 한참이나 칭찬을 늘어놓았다.

"그런데 그건 어떻게 결정해요?"

풍월이 거칠기만 한 송산의 손길을 슬쩍 치워내며 물었다.
"뭘 말이냐?"
"분심공인가 뭔가를 이용해서 두 가지 무공을 익힌다고 했잖아요."
"두 가지가 아니라 우리 두 사람의 무공이다. 이 할애비들이 얼마나 많은 무공을 알고 있는지 모르는구나."
자부심 가득한 말투였다.
풍월이 그의 자부심을 깡그리 무시하고 말을 이어갔다.
"어쨌거나요. 결정할 건 해야잖아요."
"이놈아! 그러니까 뭘 말이냐?"
송산의 말투가 절로 신경질적으로 변했다.
"배워야 할 것이 검과 도라면서요. 근데 검과 도를 들고 싸워야 한다면 어느 쪽 손에 검을 들고 도를 드냐고요. 이거 중요하지 않아요? 설마하니 이쪽으로 들었다 저쪽으로 들었다 하는 것은 아닐 테고요."
말이 끝나기가 무섭게 두 노인의 입에서 경쟁적으로 대답이 터져 나왔다.
"당연히 검이다."
"도가 우선이다."
송산과 광혼의 시선이 허공에서 얽히며 불꽃을 튀겼다.
"이번엔 양보해."

광혼이 서슬 퍼런 눈빛으로 말했다.

"그럴 수야 없지. 딱히 양보받은 것도 없다."

송산도 단호히 고개를 저었다.

"정말 해보자는 거냐?"

"누가 할 소릴!"

두 사람의 기운에 지붕이 들썩거리자 풍월이 한심하단 표정으로 말했다.

"그만들 해요. 애들도 아니고. 별로 중요한 것 같지도 않은 걸 가지고 뭘 그리 싸워요."

두 노인의 고개가 무섭게 돌아갔다.

"별로 중요하지 않다니! 이보다 중요한 것은 없느니."

"아니다. 신중해야 한다. 이번 문제야말로 지금까지의 그 어떤 선택보다 중요하다는 걸 알아야 해."

화를 낸 자신과는 달리 부드럽게 말하는 광혼을 보곤 송산의 코에서 콧김이 뿜어져 나왔다.

"지랄한다. 계집에게 사랑 구걸하는 것도 아니고. 뭐 하자는 수작이야!"

"지랄? 지금 지랄이라 했냐?"

두 사람의 분위기가 다시금 심각해지자 풍월이 빽 소리를 질렀다.

"아, 좀 시끄럽고요!"

신경질적인 외침으로 두 사람을 침묵시킨 풍월이 말을 이었다.

"그러니까 그 당연한 것이, 우선인 것이 어느 쪽 팔을 말하는 건데요?"

대답은 동시에 들려왔다.

"오른팔이다."

"오른팔."

"흠, 그래요? 그게 그렇게 중요하단 말이지요."

풍월의 입가에 의미심장한 미소가 흐르자 두 노인은 심장이 덜컥 내려앉는 심정이었다.

"이거 참, 곤란하게 되었네. 오른팔은 하난데 익혀야 하는 무기는 두 개고."

풍월이 난처한 표정을 지으며 고개를 갸웃거리자 광혼이 얼른 입을 열었다.

"도를 사용하려면 상당한 근력이 필요하다는 것을 알아야 한다. 그에 반해 검은……."

송산이 황급히 손을 뻗어 광혼의 입을 틀어막았다.

"근력이 필요한 것은 검 또한 마찬가지다. 하지만 중요한 것은 그게 아니야. 어차피 근력은 내력을 쌓으면 전혀 문제가 되지 않는다."

"그럼 뭐가 문젠데요. 오른쪽 손으로 꼭 검을 잡아야 할 필요가, 아니지. 왼손으로 익히면 안 되는 이유라도 있나요?"

"이유를 대라면 백 가지는 댈 수 있다."

"그럼 대봐요."

풍월이 진지하게 들을 준비가 되었다는 듯 앉은 자세에서 턱을 괴었다.

'저놈이!'

송산의 눈꼬리가 치켜 올라갔다.

평소에도 예의가 아주 바르다고는 할 수 없었으나 오늘따라 그 정도가 더 심했다.

'네놈이 칼자루를 쥐었다 이거지? 좋다. 이놈아. 지금은 네 녀석의 장단에 놀아주마. 하지만 기대해도 좋을 게다. 본격적으로 무공을 익히게 되었을 때 아주 곡소리가 나게 해주마.'

어쨌거나 분위기가 자신에게 넘어왔다고 생각한 송산은 내심 이를 갈며 광혼의 반응을 힐끗 살핀 뒤 천천히 입을 열었다.

"자잘한 이유까지 하자면 헤아릴 수가 없지만 시간도 없고 하니 정말로 중요한 이유 세 가지만 말해주마. 첫째로 고금을 통틀어 왼손으로 검을 사용하는 자가, 즉, 좌수검(左手劍)을 익힌 무인이 무림에서 명성을 얻은 예가 극히 드물다는 것이다. 설사 다소 명성을 얻었다고는 해도 그건 워낙 좌수검을 쓰는 무인이 희귀해서 그런 것이지 실력이 대단히 뛰어나서 그런 것은 아니다. 둘째로……."

"잠깐요."

풍월이 말을 끊었다.

'요놈 봐라. 이제는 말까지 끊는다 이거지.'

송산이 부글거리는 속을 애써 달래며 미소 지었다.

"왜 그러느냐? 아직 이유를 다 설명하지 않았다."

"됐어요. 결정했으니까."

풍월은 송산이 뭐라 대꾸하기도 전 말을 이었다.

"좌수검으로 할래요. 당연히 이 손으론 도를."

풍월이 오른손을 펴 보이자 초조하게 지켜보던 광혼이 불끈 손을 쥐며 소리쳤다.

"옳거니!"

"이놈이!"

송산이 화를 참지 못하고 주먹을 휘둘렀다.

"아야!"

갑자기 꿀밤을 맞은 풍월이 외마디 비명을 지르며 이마를 움켜잡았다.

"왜 때려요? 나보고 선택하라면서요."

풍월이 억울하단 얼굴로 소리쳤다.

"아무리 그렇기로서니 아직 할애비의 설명이 끝나지도 않았는데……."

송산은 말도 제대로 잇지 못하고 온몸을 부들부들 떨었다.

지금의 패배감은 풍월의 세 번째 생일 날, 광혼에 비해 생일이 단 며칠 늦다는 이유만으로 작은할아버지라 불리게 되었을 때 이상으로 충격이 컸다.

"첫 번째 이유만으로 충분하다니까요."

"그러니까 뭐냐? 네 녀석이 지금 좌수검을 쓰는 사람도 별로 없고 제대로 명성도 얻지 못한다는 것이 선택의 이유라고 말하는 거냐?"

"그렇다니까요."

조금 전부터 흐뭇한 미소를 짓고 있던 광혼이 슬며시 끼어들며 거들었다.

"중요한 문제니만큼 포기하기가 쉽지 않을 게다. 기왕이면 그 이유라도 제대로 말해주거라."

송산이 광혼을 쏘아보았다.

지금 이 순간만큼은 풍월보다 광혼이 백 배는 더 밉살스럽게 보였다.

"이유랄 것도 없어요. 남들이 못 했으니까 내가 제대로 해보려고요."

"좌수검으로?"

"네. 사실 제가 가려는 길이 정상적인 길은 아니잖아요."

"그, 그렇지."

두 노인이 동시에 고개를 끄덕였다.

"어차피 정상적인 길이 아니라면 남들이 제대로 밟아보지 못한 길로 가보려고요."

"그러니까 어째서! 왜 험한 길로만 가려 하느냔 말이다."

송산이 답답함을 참지 못하고 소리쳤다.

"재미있을 것 같아서요."

재미라는 말에 두 노인은 아무런 말도 할 수가 없었다.

화도에 머문 지 벌써 십 년이다.

그들에게도 결코 짧다고 할 수 없는 세월이지만 풍월에겐 평생이었다.

가족이라곤 두 노인과 정신이 온전하지 못한 엄마, 그리고 자의 반 타의 반으로 화도에 정착을 하게 된 전직 해적들 몇이 전부였다.

모두가 어른들뿐. 함께 놀아줄 또래가 없었다. 다들 풍월을 위해 노력했으나 분명 부족함이 있었을 터였다. 그래서인지는 몰라도 풍월은 늘 재밌는 것, 신나는 것을 찾았고 집착했다.

"허!"

"이것 참!"

어쩌면 풍월이 자신도 모르는 사이에 분심공을 익히게 된 것이 스스로 재미를 찾기 위해서 나온 고육지책일지도 모른다는 생각을 한 두 노인의 입에서 안타까운 탄식이 터져 나왔다.

제2장

수련(修練)을 시작하다

"패천마궁에선 어떻게 가르치지?"

송산이 물었다.

술병을 들고 달려오는 풍월을 물끄러미 바라보고 있던 광혼이 고개를 돌렸다.

"뭘? 기초?"

"처음 시작부터 무기를 쥐어주지는 않았을 것 아냐?"

광혼이 피식 웃었다.

"아니, 처음부터 무기를 주지."

송산의 표정이 굳었다.

"그게 무슨 말이야?"

"내 얘기는 아냐. 엄밀히 말해서 난 패천마궁의 제자라기보다 패천궁 휘하 철산도문의 제자니까. 무기를 받았다는 녀석들은 패천마궁의 칼이라 일컬어지는 사귀대 아이들이다."

"아! 사귀대."

송산이 탄식하며 고개를 끄덕였다.

온갖 혹독한 수련과 실험을 통해 탄생된, 흉폭함과 잔인함의 대명사처럼 일컬어지는 사귀대는 무림에서도 악명이 자자했다.

"그놈들, 첫 만남에서부터 무기를 들고 서로를 죽이기 위해서 싸운다고 들었어. 한 시진 만에 천 명이 넘던 아이들이 삼백으로 준다던가. 아직도 그런 식으로 훈련시킨다고 하더만. 정말 미친놈들이지."

송산의 눈이 휘둥그레졌다.

"그게 사실이라면 이건 미친 정도를 넘어선 거잖아. 대체 이유가 뭐야? 무공을 익히기도 전에 그런 끔찍한 경험을 하게 만드는 이유."

"그거야 나도 모르지. 살고자 하는 욕망과 투쟁심을 기른다나. 온갖 이유를 붙여봤자 결국은 다 헛소리야. 그냥 살인귀로 만드는 게 목적이지."

광혼은 자신이 몸담고 있던 곳의 일을 말하면서도 강한 분

노를 드러냈다.

"설마 철산도문도 그런 식이었냐?"

송산의 불안한 눈빛에 광혼이 혀를 차며 말했다.

"쯧쯧, 그런 기억력으로 어떻게 화산파의 최연소 장로가 되었는지 모르겠단 말이야. 일전에 대충 얘기했잖아. 내가 어떻게 사부를 만났고 어떻게 무공을 익혔는지."

"그, 그랬던가? 정확히 기억이 안 나는데."

"비무대회가 끝나고 우리가 따로 만났을 때. 객점 이름은 기억이 안 나지만 아무튼 그때 했어."

"미친. 그때가 언젠데 일전에야? 벌써 사십 년도 더 전의 이야기다. 그걸 어찌 기억해?"

송산이 어이없다는 표정으로 화를 내자 광혼이 정색을 하며 말했다.

"연화봉(蓮花峰)에서 돼지 오줌보를 냅다 차버리곤 다시 주워오라며 웃었다는 말코 사숙이 누구였더라. 아, 그래. 영솔이던가?"

"……."

"그게 오전 수련의 시작이라고 했었는데 아냐?"

"마, 맞다."

송산이 멍한 눈빛으로 고개를 끄덕였다.

문득 온갖 기억들이 새록새록 떠올랐다.

체력을 기른다는 명목으로 연화봉의 천 길 낭떠러지에서 사라진 오줌보를 찾기 위해 그 험한 화산을 얼마나 많이 오르내렸던가. 그때야 죽을 만큼 힘들었지만 지금 와 돌이켜 보면 그래도 나름 즐거운 추억이었다.

송산이 고개를 들어 덧없이 흘러가는 구름을 아련히 바라보며 생각에 잠기자 광혼 또한 때마침 풍월이 가져온 술을 따라 마시며 옛 추억을 떠올렸다.

그들의 상념은 오래가지 않았다.

술병을 들고 오다 연화봉 얘기를 들은 풍월이 궁금함을 참지 못하고 질문을 던진 것이다.

“설마하니 여기서 그딴 짓을 하진 않겠지요? 할 데도 없지…….”

아니다. 있었다. 삼 면이 백사장으로 이뤄진 화도지만 급격히 경사가 심해지는 섬 북쪽의 해안엔 제법 규모가 있는 절벽이 존재했다.

높이가 대략 이십여 장에 이르니 낮은 높이도 아니었고 뛰어내리지 않는 한 섬을 빙 둘러서 가야만 절벽 아래에 도착할 수 있기에 거리 또한 상당했다.

풍월의 눈빛에서 불안감을 느낀 송산은 왠지 모르게 마음 한편이 훈훈해지는 것을 느끼며 말했다.

“뭐, 필요하다면 더한 것도 할 수 있지만 당장은 아니다. 우선은 기초부터 시작하자꾸나."

"기초요?"

풍월이 습관적으로 반문했다.

"그래. 세상천지 수많은 무공이 있지만 그 출발점은 예외 없이 같다."

송산이 하고자 하는 말이 무엇인지 곧바로 알아들은 광혼이 말을 이었다.

"맞다. 그건 정사마를 가리지도 않아. 어떤 무공을 익히든 우선되는, 가장 기본이 되는 자세라고나 할까."

"그게 뭔… 데요?"

풍월이 알 수 없는 한기를 느끼며 물었다.

의미심장한 시선을 교환한 송산과 광혼이 동시에 말했다.

"마보(馬步)."

풍월이 무공을 익히기로 결정을 했으나 곧바로 수련이 시작된 것은 아니었다.

두 노인의 무공이 워낙 상반되기에 어느 무공을 어떤 식으로 익힐 것인지, 그 과정과 순서는 또 어찌해야 하는 것인지를 세밀하게 의논하여 결정해야만 했다.

때로는 격렬하게 토론을 하고 낯빛을 붉히며 언성을 높일 때도 있었지만 송산과 광혼 두 노인은 어떻게 하면 풍월을 위해 최선의 결과를 얻을 수 있을지 몇 날 며칠을 고민했다.

우선적으로 무공을 익히기에 적당한 체력을 길러야 한다고 판단한 두 노인은 모든 무공의 기본이 되는 마보를 중심으로 풍월이 체력을 키울 수 있는 훈련을 시켰다.

풍월이 떠올리는 것만으로도 불안에 떨었던 북쪽 절벽도 그중 하나였다.

당장은 아니라는 송산의 설명이 무색하게 절벽은 참으로 다양하게 이용되었다. 그 옛날, 송산이 화산의 연화봉에서 내던져진 돼지 오줌보를 찾아 험한 산길을 수도 없이 달렸듯 풍월 또한 하루에도 수십 번씩 절벽 아래를 오르내려야 했다.

섬 전체를 빙 두르고 있는 백사장을 통과해야만 절벽 아래에 도착할 수 있었기에 그 거리며 피로도가 상당했다. 더구나 그냥 오르내린 것이 아니라 송산은 그때마다 모래시계를 준비해서 풍월을 닦달했다.

송산이 절벽을 이용하여 풍월을 괴롭혔다면 광혼은 바다 그 자체를 이용했다.

화도 주변의 바다는 비교적 잔잔했다.

해류도 그다지 빠르지 않은 편이라 큰 위험은 없었으나 역시 북쪽 절벽 아래에서 이어지는 바다는 지형적 특성 때문인지 유난히 파도가 거칠었고 때때로 방향을 예측할 수 없는 와류가 지나기 때문에 바다에 능숙한 사람이라도 수영을 하기가 몹시 까다로운 곳이었다.

광혼은 바로 그곳에서 마보를 수련하고 백사장을 뛰어다니며 녹초가 된 풍월에게 바다 수영을 시켰다.

화도에서 대략 이십여 장 떨어진 곳에 위치한 암초를 오가는 것이었는데 상당히 거친 물살 때문에 어릴 적부터 물에서 살다시피 한 풍월도 서너 번 왕복을 하고 나면 하늘이 노랗게 변할 정도였다.

이른 아침부터 백사장 달리기와 마보, 바다 수영이 이어졌고 사이사이에 체력과 지구력을 키울 수 있는 훈련으로 짜여진 일정이 매일같이 이어졌다.

어린 나이에 혹사라 해도 무방할 정도의 강행군이었으나 그래도 버틸 수 있었던 것은 풍월의 몸 상태를 정확히 꿰뚫고 있는 송산과 광혼이 나름 훈련 수위를 조율하였다. 나아가 매일 밤마다 추궁과혈(推宮過穴)을 통해 풍월의 지친 몸을 회복시켜 주었기 때문이다.

기초를 다지기 위한 체력 훈련이 시작되고 대략 육 개월이 지난 시점, 하루가 다르게 변하는 풍월의 몸 상태를 날카로운 눈으로 살피고 있던 송산과 광혼은 마침내 훈련에 변화를 줄 때가 되었음을 직감적으로 느꼈다.

가만히 앉아만 있어도 땀이 주루룩 흘러내리는 뜨거운 뙤

약별 아래 풍월은 송산과 광혼이 모든 무공의 기초라고 강조하던 마보를 수련하느라 정신이 없었다.

'아, 정말 적응 안 된다.'

풍월은 입술을 잘근잘근 씹으며 전신에서 밀려드는 고통에 대항하느라 전력을 다했다.

호흡을 가다듬고 자세를 잡은 지 벌써 한 시진, 마치 물에 들어갔다 나온 사람처럼 머리부터 발끝까지 땀으로 푹 젖었다.

일그러진 얼굴, 앞으로 살짝 뻗어 하늘로 향한 팔은 연신 흔들렸고 굽힌 두 다리는 경련이 일듯 부들부들 떨렸다.

마보를 수련한 지 벌써 육 개월이란 시간이 흘렀다. 이쯤 되면 속된 말로 수련을 하면서도 잠을 잘 수 있는 경지에 이르러야 정상이었다. 하지만 풍월에게 그런 여유는 허락되지 않았다.

송산과 광혼은 '적응'이란 단어를 극도로 경계했다.

어떤 훈련이든 적응을 하는 순간 발전이 없다라는 것에 인식을 같이한 그들은 풍월이 조금이라도 적응을 했다 치면 그에 걸맞게 강도를 높여갔다.

다리에, 허리에, 팔에 모래주머니가 하나씩 늘어가는 것은 예사였고 백사장을 달릴 때는 그 조그만 몸에 아예 업히는 만행(?)까지 저질렀다. 거친 파도를 뚫고 수영을 할 때도 예외는 아니었다.

풍월이 참다못해 반항이라도 할라치면 혼을 내거나 질책하기보다는 자신들은 그보다 훨씬 더 지독하고 힘든 훈련을 받았다며 과거의 무용담을 늘어놓으면서 풍월의 자존심을 열심히 긁었다.

어쨌거나 사실을 확인할 길이 없기에 적당히 고집을 부리며 타협을 할 만도 했건만 어린 나이임에도 두 노인을 찜 쪄 먹을 정도로 지독한 승부 근성을 지닌 풍월은 그 모든 훈련을 참고 견뎌냈다.

풍월은 자신도 모르게 눈동자를 굴려 그늘에 앉아 술판을 벌이고 있는 송산과 광혼을 바라보았다.

눈동자가 돌아가기가 무섭게 송산의 입에서 호통이 터져 나왔다.

"이놈아! 어디서 눈동자를 굴려. 집중하지 못해?"

찔끔 놀란 풍월이 황급히 시선을 돌렸다.

'젠장, 눈치는 빨라서.'

딴짓을 하면서 어떻게 자신의 시선을 눈치챈 것인지 의아하기만 했다.

풍월은 몰랐다. 두 노인이 술을 마시고 잡담을 하면서도 풍월의 사소한 움직임이라도 놓치지 않기 위해 애쓰고 있다는 것을.

"아직 일각 남았다. 조금만 더 참아."

광혼의 말에 금방이라도 포기하고 주저앉을 것 같았던 풍월이 애써 마음을 다잡았다.

'그래, 참자. 참는다.'

일각이면 끝이다. 끝을 모른다는 것과 알고 있는 것은 분명 달랐다.

힘을 내는 풍월을 보며 송산과 광혼은 고개를 끄덕였다.

늘 그렇듯 오늘도 버틸 수 있는 한계를 살짝 넘어섰다.

한계를 넘었을 때 훈련의 효과는 극대화되는 법. 지금으로부터 일각의 시간은 열 시진 못지않은 효과를 주게 될 터였다.

"잘 컸어."

송산이 흐뭇한 미소를 지으며 말했다.

"그러게. 제법 단단해졌어."

광혼의 말대로 풍월의 몸은 훈련이 시작되기 전과 확연히 달랐다.

키는 반 뼘 정도 자랐고 어깨는 여느 아이와 비교해 놀랄 정도로 딱 벌어졌다. 구릿빛으로 변해 버린 피부는 건강미가 넘쳤고 근육도 제대로 자리 잡았다.

"대충 자세가 잡힌 것 같지?"

광혼의 말에 송산이 고개를 끄덕였다.

"암, 얼마 전까지만 해도 반 시진도 지나기 전에 못해먹겠다고 날뛰던 녀석이 이제 두 시진을 가뿐히 버티잖아. 몸의 균형도 몰라보게 좋아졌고. 강도를 조금 올려도 되겠다."

"같은 생각이야. 배울 게 많은데 언제까지 마보에만 매달릴 수는 없지."

"하면 이제 본격적으로 시작해 보자는 말이군."

"해야지. 녀석도 이제 곧 열한 살이야. 늦어도 너무 늦었어."

"또 그 소리. 그게 헛소리라는 것을 보여주자고 했잖아."

송산이 불편한 기색을 드러내곤 말을 이었다.

"약속대로 내가 먼저 시작한다."

광혼에게 양해를 구한 송산이 마지막 일각을 채우고 대자로 뻗어버린 풍월에게 다가갔다.

"수련이 끝나면 반드시 몸을 풀어줘야 한다고 말했다. 당장 일어나지 못해."

송산의 호통에 밍기적거리며 일어난 풍월이 오만상을 찌푸리며 굳은 몸을 풀었다.

그 모습을 지켜보며 한참이나 못마땅한 표정을 짓던 송산이 손짓을 했다.

"대충 풀었으면 이리와 앉아라."

풍월의 시선이 광혼에게 향했다.

마보의 수련이 끝나면 광혼과 함께 바다로 향하는 것이 일상이었다. 한데 광혼은 아무런 움직임도 없이 술잔만을 들었다.

풍월의 눈동자가 반짝거렸다.

뭔가가 직감적으로 느껴졌다.

'드디어 본격적으로 무공을 배우는구나.'

절로 가슴이 뛰었다.

그동안 꽤나 긴 시간이었다.

몸은 힘들어도 새로운 걸 배운다는 것이 재밌었다. 그래서 악착같이 버텼지만 매일같이 반복되는 일상에 다소 지루함을 느끼고 있던 터. 새로운 변화가 그렇게 반가울 수가 없었다.

"지금부터는 제대로 된 호흡법을 배워보자꾸나."

"호흡법이요? 그건 일전에 배웠잖아요. 마보를 수련할 때. 그냥 하면 몸 상한다고 하면서."

풍월이 약간은 실망한 표정으로 말했다.

"그랬지. 오늘 배울 호흡법은 그 호흡법의 연장선상이라고 할 수 있을 게다. 하나만 물어보자꾸나. 호흡법을 배우니 어떻더냐?"

풍월이 고개를 갸웃거리다 대답했다.

"일단 편했던 것 같아요. 몸은 힘들어도 숨이 차지는 않았던 것 같고. 아, 잡생각이 안 들던데요. 그때 일러주신 방법으로 호흡을 하느라 아무 생각이 없었어요. 그냥 멍한 상태에서 시간을 보내기 딱 좋았다고나 할까."

풍월의 장난스러운 대답에 송산이 기가 차다는 듯 말했다.

"네놈도 참. 심신이 편해지고 마음이 맑아졌다는 말을 요상하게도 하는구나. 아무튼 바른 호흡을 할 때 얻을 수 있는 좋은 효과다. 꾸준히 수련을 한다면 무병장수를 할 수 있는 것이지. 네가 평범하게 살 생각이었다면 그것으로 족했을 것이나 네가 우리의 무공을 배우기로 결정한 순간 그것으론 부족하다. 호흡법을 통해 평정심을 얻고 마음이 맑아진다고 깨달음을 얻은 건 아니라는 말이다. 제대로 된 무공을 익히기 위해선 단순한 호흡법을 넘어서는 마음공부, 즉, 반드시 상승의 심법(心法)을 익혀야 한다. 그동안은 제법 잘했다. 하지만 정확하고 바르게 호흡을 한다는 것은 심법을 익히기 위한 수단으로써 꼭 필요한 것이긴 해도 단순히 호흡만 하는 행위로는 깨달음을 얻을 수 없다. 무슨 말인지 알겠느냐?"

"……"

풍월이 멍한 표정을 짓자 뒤에 있던 광혼이 혀를 차며 말했다.

"뭘 그렇게 장황하게 설명해? 나라도 헷갈리겠네."

광혼의 힐난에도 송산은 개의치 않았다.

"조용히. 지금은 내 시간이다. 그리고 알 건 알아야지. 심법

공부는 단순히 몸뚱이로 부딪치는 게 아니잖아."

"그래, 알아들었어."

송산이 정색을 하자 광혼이 얼른 발을 뺐다.

"그래도 설명보다는 직접 경험해 보는 것이 낫겠지. 단정하게 앉아라. 머리를 바르게 하고 척추는 곧게 피고. 혀를 입천장에 붙이고 양 눈을 가볍게 감아. 그렇게 어깨가 처져선 안 돼. 어느 한쪽으로 기울어지지 않도록 바른 자세로 균형을 이뤄야 한다."

풍월이 자신도 모르게 어깨를 움찔하자 송산이 어깨에 가만히 손을 얹었다.

"그렇다고 힘을 주지는 말고. 최대한 편안한 자세로 호흡을 해야지. 조금 전에 말했던 것처럼 모든 잡념을 버리고 마음을 고요히 하여라. 지금 당장은 불가능해도 익숙해지면 곧 무아의 경지에 빠지게 될 테니까."

풍월은 송산이 시키는 대로 차분히 호흡을 이어갔다.

마보를 수련하며 이미 익혔던 것이기에 집중을 하는 데 큰 무리는 없었다.

흡족한 미소를 지은 송산이 팔을 뻗어 명문혈(命門穴)에 손을 댔다.

풍월이 움찔하자 송산이 조용히 그를 달랬다.

"신경 쓰지 말고 호흡에 집중하여라."

풍월의 호흡이 다시금 편안해지고 잡념이 사라진 듯하자 가만히 기운을 불어넣었다.

'어라. 뭐지, 이거?'

풍월의 몸이 다시금 움찔거렸다.

뭔가 이질적인 느낌에 놀라기는 하였지만 마음이 흐트러질 정도는 아니었다.

물이 스며들 듯 조금씩 몸에 들어와 온몸을 천천히 돌아다니는 그 기운이 전혀 낯설거나 거북하지 않았다. 오히려 따뜻한 봄날의 햇살처럼 편안하고 포근하고, 심지어 상쾌한 느낌까지 들었다.

풍월이 자신도 모르게 미소를 지을 때 그의 뇌리에 송산의 음성이 들려왔다.

[지금 네가 느끼고 있는 것이 바로 기(氣)다. 바른 호흡을 통해 대자연의 기운을 받아들이고, 그것을 키우고 모아 단전을 충만케 할 수 있을 때 너는 비로소 내공(內功)을 얻었다고 할 수 있을 것이다.]

그 이후에도 송산의 음성은 한참이나 들려왔지만 이해하기 쉬운 말들은 아니었다.

풍월은 그저 난생처음 접한 기운, 바로 그것이 주는 신비롭고 경이로운 즐거움을 만끽할 뿐이었다.

지그시 감겼던 풍월의 눈이 떠진 것은 송산의 도움으로 첫 번째 일주천을 끝낸 다음이었다. 그의 힘이 아닌, 오롯이 송산의 도움으로 하게 된 일주천이었으나 그 시원하고 상쾌하며 포근하고 즐겁던 느낌은 오직 풍월만의 것이었다.

"기운이 어찌 움직였는지 기억했느냐?"

"대충은요."

어찌 들으면 꽤나 불성실한 대답이었으나 지금의 풍월에겐 그것이 정확한 표현이었기에 송산도 딱히 질책은 하지 않았다.

"당분간은 이 할애비가 도와줄 것이니 기운이 어찌 움직이는지 정확히 파악을 하고 네 스스로 길을 찾을 수 있도록 완벽하게 익혀야 할 것이다."

"예."

"일전에 내가 외우라고 했던 구결은 기억했느냐?"

풍월이 고개를 끄덕였다.

"태현심공(太玄心功)이라고 한다. 화산파의 입문제자들이 익히는 가장 기초적인 심공이라고 할 수 있지."

풍월이 기초라는 말에 살짝 실망하는 기운을 보이자 송산이 아니라 광혼이 엄한 눈빛으로 말했다.

"기초적인 심공이라 얕보지 마라. 다른 곳도 아니고 화산의 무공이다. 게다가 화산파의 비전이자 무림에서도 손꼽히는 자하신공(紫霞神功)을 익히기 위해선 반드시 대성해야 하는 심공. 이제 갓 무공을 익히는 네 녀석에게 무시를 당할 심법이 아님을 명심해야 한다 말이다."

"알겠어요."

찔끔한 풍월이 강하게 고개를 끄덕였다.

풍월의 반응보다는 화산의 무공을 인정하는 광혼의 설명에 기분이 좋아진 송산이 입꼬리를 말아올리며 설명을 이어갔다.

"다음번엔 호흡을 하며 태현심공의 구결을 떠올려 보거라. 그 구결이 지닌 뜻, 진정한 의미를 깨닫는다면 수련의 효과가 배가될 것이다."

"명심하겠습니다."

제법 진지한 자세로 고개를 숙이던 풍월이 광혼을 향해 고개를 홱 돌리더니 물었다.

"근데 큰할아버지 무공은 언제 익혀요?"

송산과 광혼의 무공을 모두 익히기로 결정한 풍월로선 당연한 의문이었음에도 돌아온 대답은 노한 송산의 손에 볼이 한 뼘이나 늘어나는 것이었다.

*　　　*　　　*

"끝났느냐? 날씨가 오늘만 같으면 순식간에 실력이 늘겠다."

송산의 웃음에 물에 빠진 생쥐 꼴을 하고 움막에 들어서는 풍월은 대꾸하기도 귀찮다는 듯 황급히 젖은 옷을 벗고 몸을 말렸다.

"왜 말이 없어? 싫으냐?"

"그럼 좋을까요? 죽을힘을 다해 버티지 않으면 몸은 날아갈 것 같고 시도 때도 없이 번개가 내리치는 상황에서 지금껏 견딘 것만으로도 기적이라고요."

말투에 불만이 가득했다.

폭풍이 몰아치는 날, 거센 비바람을 맞고 오전 내내 마보를 수련하고 온 풍월은 골이 날 대로 난 상태였다.

"그렇게 부정적으로 생각만 할 것은 아니다. 바람이 그만큼 거셌다는 것은 균형을 잡는 훈련으론 그만이고, 번개가 내리치는 상황을 이겨냈다는 것은 어떤 상황에서도 마음의 평정을 잃지 않는 부동심을 키웠다는 것이니 이만큼 효과적인 훈련이 또 어디 있겠느냐?"

'그럼 할아버지가 해보시든가요!'라는 말이 목구멍까지 치솟았지만 필사적으로 억누른 풍월이 화로에서 노릇하게 익어가는 고구마를 꺼내더니 호호 불어가며 먹기 시작했다.

"그런데 큰할아버지는요?"

풍월의 물음에 송산의 표정이 살짝 굳었다.

"엄마한테 갔다."

고구마를 먹던 풍월의 행동이 그대로 멈췄다.

의술에도 나름 조예가 깊은 광혼이 엄마를 찾는 이유는 하나뿐이다.

"많이 안 좋아요?"

어려서부터 늘 건강이 좋지 않은 엄마였지만 근래 들어 그 정도가 심해졌다. 맑은 정신을 유지하는 때가 손에 꼽을 정도였고 그나마 시간이 점점 짧아지고 있었다. 얼마 전에는 각혈까지 해서 모두를 심란하게 만들기까지 했다.

"너무 걱정하지 마라. 광혼의 침술이 어떤지 잘 알지 않느냐? 믿거라."

"그래야지요."

믿지 않는다고 해도 할 수 있는 일이 하나도 없었다.

송산은 힘없이 대답하는 풍월을 안쓰럽게 바라보다가 애써 마음을 다잡았다.

"자, 날도 그렇고 하니 오후 수련은 쉬도록 하고 지금부터는 무림에 대해서 설명을 해주도록 하마. 일전에 어디까지 얘기했지?"

"강자존(强者存)이라고요."

풍월이 얼른 대답했다.

언제 심란한 표정을 지었냐는 듯 목소리에 활기가 돌았다.

"강자존? 틀린 말은 아니나 꽤 많은 것을 설명한 듯싶은데?"

"그렇긴 해도 딱 떠오르는 말은 그것뿐이던데요."

설명이 부실했다는 것인지 아니면 그것이 제일 강렬하게 와 닿았다는 말인지 애매했다.

고구마를 물고 태연스레 자신을 바라보는 풍월을 지그시 노려본 송산이 헛기침을 하곤 입을 열었다.

"오늘은 무림에 어떤 문파가 있고 또 어떤 영웅, 효웅들이 있는지 설명을 해주마."

영웅이란 말에 풍월의 눈이 반짝반짝 빛났다. 들고 있던 고구마는 이미 뒷전이었다.

풍월이 어째서 그렇게 기대를 하고 있는지 잘 알고 있는 송산은 쓴웃음을 삼켜야 했다.

풍월이 글을 깨친 이후, 지금까지도 손에서 놓지 않을 정도로 아끼는 책이 있다. 섬에 들어올 때부터 있던 책은 아니고 오고가는 해적들과 드잡이를 하는 과정에서 어쩌다 묻어 들어온 것인데 무림에 명성이 드높았던 영웅, 협객들의 활약상을 간단히 기록한 것으로 협객전(俠客傳)이란 제목을 지닌 책이었다.

섬에 있는 책이라 봐야 읽어도 이해를 할 수 없는 무공 서적 몇 권이 전부였던 터라 온갖 상상력을 자극할 수 있었던 협객전은 풍월에겐 가장 소중한 보물이 되었다.

그중에서도 가장 좋아하는 영웅의 이야기는 책 내용의 절반을 차지하는, 이백여 년 전, 이십 년 동안 무림을 신음케 했던 혈란을 홀로 잠재운 고금 제일 영웅 화운악과 그의 후계자들에 대한 이야기였다.

검황(劍皇) 화운악.

이백여 년 전, 구파일방과 사대세가가 주축이 된 정무련과 패천마궁 사이에 벌어진 정마대전으로 인해 무림은 피에 잠겼다.

이십 년이 넘도록 벌어진 싸움으로 인해 무림은 그야말로 초토화가 되었고, 단순히 무림인의 싸움을 넘어 일반 백성까지 싸움에 휘말려 큰 피해를 보는 지경에 이르자 이를 보다 못한 관부에선 역모를 꾸미지 않는 한 무림의 일에 개입을 하지 않는다는 암묵적 관례를 깨기에 이른다.

황제의 명을 받은 십만 금군이 막 무림에 개입하려던 찰나, 그토록 치열하게 벌어졌던 양측의 싸움이 거짓말처럼 끝이 났다.

관부가 개입할 수 있다는 경고도 무시하고 최후의 결전을 벌이기 위해 백운평에 모여든 양측의 수뇌들이 며칠 간격으로 모조리 목숨을 잃는 사건이 발생했다.

정무련에선 련주 이하 아홉 명의 장로들이, 패천마궁 또한 궁주를 비롯하여 그 누구보다 악명이 높았던 십팔장로가 처참하게 쓰러진 것이다.

수뇌를 잃었으니 싸움이 될 리 만무했다. 결국 정무련과 패천마궁은 급하게 휴전을 맺을 수밖에 없었고 이십 년이 넘도록 무림을 피에 잠기게 만들었던 싸움도 그렇게 허무하게 끝이 났다.

정무련과 패천마궁 수뇌들의 목숨을 거둬 파국을 막은 사람이 훗날 검황이라 일컬어지며 고금제일인으로 추앙받는 화운악이었다.

비록 정면 대결이 아니라 암습에 가까운 공격이었으나 수백, 수천이 지키는 적진에서 각 진영의 수뇌들의 목숨을 거뒀다는 것만으로도 아무도 그의 실력을 부정하지 못했다.

특히 당시 천하제일인으로 인정받던 패천마궁 궁주가 백초를 겨우 버텼다는 것이 세간에 알려지면서 화운악은 말 그대로 완벽한 전설이 되었다.

그의 나이 고작 사십의 일이었다.

단 한 번의 출도로 무림의 혈풍을 잠재우고 고금제일인의 명예를 얻은 화운악은 이후, 곧바로 황산에 은거한 후에 다시는 무림에 모습을 드러내지 않았다.

많은 이들이 그가 깨달음을 얻어 우화등선(羽化登仙)을 했다고 말하기 시작했고, 수십 년이 흘러 그것이 거의 정설로 받아들여지고 있을 즈음 한 중년인이 무림에 등장했다.

강남에 처음 모습을 보인 중년인이 무림인명부(武林人名簿)에 나열된 서열 일 위부터 십 위까지의 고수들을 모조리 꺾고 자신이 화운악의 후예라 선언했을 때 무림이 받은 충격은 실로 엄청난 것이었다.

그 이후, 화운악의 후계자들은 대략 삼십 년을 주기로 무림에 모습을 드러냈다. 그들은 검황이란 별호를 이어받으며 선조들과 마찬가지로 무림인명부의 십대고수와 대결을 했고 단 한 번의 패배도 없이 그 명성을 지켜냈다.

풍월이 애지중지하는 협객전에는 육 대 검황의 이야기까지 적혀 있었다.

"마지막 칠 대 검황은 우리가 화도에 정착하기 팔구 년쯤, 그러니까 대략 이십 년 전에 무림에 등장했다. 그자 또한 전대 검황처럼 당시 무림십대고수들을 찾아가 비무를 벌였지."

마치 보석이라도 박아 넣은 것처럼 초롱초롱한 눈망울을 하고 있는 풍월과는 달리 술잔을 드는 송산의 표정은 어딘지 모르게 씁쓸해 보였다.

"십대고수라면 역시 무림인명부에 있는 사람들이지요? 일 위부터 십 위까지. 그중 상당수는 협객전에도 등장하더라고요."

"그래, 맞다."

"근데 옛날부터 궁금했던 건데요. 무림인명부는 누가 만드는 거래요?"

예상된 질문과 다르자 송산의 미간이 살짝 찌푸려졌다.

"그렇잖아요. 두 분 할아버지께서 말씀하시길, 무림엔 실력을 알 수 없는 은거기인들이 모래알처럼 많다. 하니, 함부로 경거망동하지 말고 나 자신을 숨기고 매사에 조심을 해야 한다고 했잖아요. 아닌가요?"

"그, 그랬지."

"그런데 왜 검황은 꼭 무림인명부에 적힌 십대고수를 찾아가는 걸까요? 그들이 진짜로 강한지 아닌지는 아무도 모르는 거잖아요. 수많은 은거기인들이 있으니까."

송산이 피식 웃었다. 나이에 비해 제법 날카로운 질문이었다.

풍월의 말대로 무림엔 정체가 알려지지 않은 수많은 은거기인들이 있다. 당장 초대 검황 화운악만 보더라도 그가 검을 들기 전까진 아무도 그의 존재를 알지 못했다.

"네 말이 맞다. 누구라도 그런 의문을 가질 수 있는 것이지."

송산의 칭찬에 풍월의 어깨가 저절로 추켜 올라갔다.

"그럼에도 검황이 무림인명부를 찾고, 또 많은 이들이 무림인명부의 서열을 인정하는 것은 아마도 어떤 공신력이 있기 때문일 것이다."

"공… 신력이요?"

풍월이 고개를 갸웃거렸다. 단어가 어려운지 쉽게 이해를 못 하는 눈치다.

"무림인명부를 만드는 곳이 바로 사마세가이기 때문이다."

송산은 시큰둥한 표정을 짓는 풍월의 이마에 꿀밤을 안겨 준 뒤 말을 이었다.

"제갈세가라는 곳이 있다. 오직 두뇌 하나로 사대세가와 어깨를 나란히 하는 대단한 가문이지. 그 제갈세가에 유일하게 비견되는 곳이 바로 현자의 가문으로 일컬어지는 사마세가다. 다만 수많은 군사들을 배출하며 무림의 대소사에 깊숙이 관여하는 제갈세가와는 달리 사마세가는 말 그대로 은자의 가문이라 할 수 있겠다. 무림의 일에 개입을 하는 것보다는 무림의 모든 역사를 기록하는 일에 더 흥미를 가졌다고 해야 하나. 아무튼 그렇다."

"흠, 그러니까 쓸데없이 무림의 온갖 역사를 기록하는 데 미친 세가가 있는데 무림인명부라는 것도 그 세가에서 만들었다는 말이군요."

"그렇… 지."

송산은 '미쳤다'는 말이 영 마음에 들지 않음에도 뜻은 대충 전해졌다고 여겨 일단은 고개를 끄덕였다.

"검황마저 인정을 할 정도면 상당히 정확한 모양이네요."

"그래, 상당히 정확하다고 보면 된다. 그러니까 그 인명부가 처음으로 작성되었을 때가 아마 초대 검황이 은거한 직후일 게다. 당시 무림은 완전히 미쳐 있었지. 검황이 혈란을 종식시키기 전, 무려 이십여 년이 넘도록 이어진 난리통은 세간에 알려진 무인들은 물론이고 은거하고 있던 기인들마저 모조리 무기를 들게 만들었다. 그들 상당수는 목숨을 잃었고. 무림인명부는 그런 토대를 가지고 만들어진 것이다."

"그러니까 어지간한 고수들은 거의 파악됐단 소리군요."

풍월이 자신이 하고자 하는 말의 요지를 바로 파악하자 송산의 목소리가 절로 높아졌다.

"바로 그 말이다. 이후, 다시 은거를 한 이들도 많이 있기는 했지만 이미 그들의 실력은 사마세가에 의해 정확히 기록이 된 상태지. 참고로 무림 최고의 암흑기가 바로 그때가 아닌가 싶다. 그때 잃었던 무림의 정기를 다시 찾기 위해 다들 얼마나 열심히 노력했는지는 네가 감히 상상도 할 수 없을 것이야."

송산은 설명을 하며 약간은 감동에 젖었다.

송산의 기분을 아는지 모르는지 별 관심 없다는 듯 콧구멍을 후비던 풍월이 코딱지를 튕기며 질문을 했다.

"근데 무림인명부는 변동이 없나요? 세월이 흐르는 것처럼 실력도 언제나 같지는 않을 텐데요."

"당연히 변동이 있지. 해서 사마세가에선 십 년마다 새로운 무림인명부를 내놓는다."

"에이, 십 년이면 너무 길잖아요. 그사이 많이 바뀔 텐데."

"그럴 것 같지? 한데 생각보다 쉽게 순위가 바뀌지 않는다. 밑에서 위로 치고 올라가기 위해 열심히 노력하고 새로운 실력자가 등장하는 것만큼 무림인명부에 이름을 올린 자들 역시 도태되지 않기 위해 필사적으로 노력하니까. 특히 상위의 순위는 거의 바뀌지 않는다고 보면 된다."

"흠, 그렇군요. 아, 그런데 마지막 검황이 찾은 십대고수는 누구래요? 이십여 년 전이라고 했으니까 대부분은 지금도 무림에서 방귀 좀 뀌고 다니겠는데요. 아니지. 세월이 그만큼 흘렀으니까……."

고개를 갸웃거리며 손가락을 들어 숫자를 헤아린 풍월이 키득거리며 말했다.

"다들 저세상으로 갔겠는데요. 아니면 늙어 꼬부라져 뒷방 신세를 지고… 아야!"

신나게 말을 하던 풍월이 이마를 잡으며 뒤로 벌렁 넘어졌다.

송산이 작심하고 손을 쓴 것인지 죽겠다고 비명을 지르며 일어선 풍월의 이마에 밤톨만 한 혹이 불룩 솟아 있었다.

"엄살 피우지 말고 똑바로 앉아."

스산하게 변한 송산의 목소리에 풍월이 얼른 자세를 바로 했다.

“뭐가 어째? 저세상으로 가? 뒷방 신세를 져?”

풍월이 십대고수라는 말을 꺼내는 순간, 자꾸만 옆으로 빠지고 있다고 생각하던 이야기가 드디어 제자리를 찾았다고 여기며 한껏 뿌듯한 마음으로 설명을 하려던 송산이 분기탱천한 눈빛으로 목소리를 높였다.

“아니, 그냥 세월이…….”

뭐라 변명을 하려던 풍월은 송산의 매서운 눈초리에 찔금하여 입을 다물었다.

“헛소리하지 말고 잘 들어라. 이십 년 전, 무림인명부에 올랐던 십대고수들의 면면은 다음과 같다. 패천마궁의 궁주 마존(魔尊) 이백기, 산동악가의 전대 가주 창왕(槍王) 악염, 남궁세가의 가주 무적검성(無敵劍聖) 남궁무백, 무당파 장로 창궁검성(蒼穹劍聖) 도각, 생과 사를 오직 침 하나로 결정한다는 생사의괴(生死醫怪) 제갈총, 밤의 지배자라는 혈우야괴(血雨夜怪), 나이 삼십에 당가에 도전한 독괴(毒怪) 추망우, 비루하고 흉측한 외모를 극복하고 합격술 하나로 천하를 오시한 쌍둥이 남매 음양쌍괴(陰陽雙怪). 이름하여 일존일왕이성사괴(一尊一王二聖四怪)다. 참고로 무림인명록엔 이렇게 기록되어 있다. ‘마존 이백기를 제외한 나머지 구 인의 실력은 그야말로 박빙이라 딱히 누가 우위에 있다고 할 수 없다'라고."

"그렇군요."

무심결에 고개를 끄덕이던 풍월이 손가락으로 뭔가를 헤아려 보더니 이상하다는 듯 물었다.

"그런데 왜 여덟 명이래요? 십대고수면 열 명이잖아요. 음양쌍괴를 한 사람으로 본다면 두 명이 빠진 것 같은데요."

대답은 밖에서 들려왔다.

"나머지 두 사람은 화산검선(華山劍仙)과 철산마도(鐵山魔刀)다."

문이 열리며 광혼이 피곤한 기색으로 들어섰다.

"큰할아버지! 엄마는……."

벌떡 일어난 풍월이 불안한 얼굴로 말을 잇지 못하자 광혼이 그의 머리를 쓰다듬으며 가만히 고개를 끄덕였다.

"괜찮다. 너무 걱정하지 말거라."

"고생했다. 자, 받아."

송산이 풍월과 나란히 앉은 광혼을 향해 술잔을 내밀었다.

그렇잖아도 오랫동안 시술을 하느라 목이 말랐던 광혼이 단숨에 술잔을 들이켰다.

"십대고수 얘기가 나오는 걸 보니 무림인명부에 대해서 설명하던 모양이군."

"예, 역대 검황부터 해서 십대고수로……."

신이 나서 소리치던 풍월이 갑자기 말을 멈추더니 송산과 광혼을 묘한 표정으로 바라보았다.

"그런데 방금 화산검선과 철산마도라고 했던 것 같은데요."

송산의 사문이 화산이고 광혼의 사문이 철산도문이라는 것을 기억한 풍월의 눈동자가 뜨겁게 타올랐다.

"그러하다. 화산검선과 철산마도. 혹자는 우리를 보고 이우(二愚)니 뭐니 하며 떠들어대기도 하지만 다 실력 없는 것들의 헛소리지."

"아무렴. 두 명의 바보라니! 빌어먹을, 언제 들어도 마음에 안 들어."

송산이 불쾌한 표정으로 술잔을 들었다.

"역시 할아버지들을 말하는 거군요."

풍월은 기쁨을 감추지 못하고 환호성을 질렀다.

"맞다. 화산검선과 철산마도. 바로 우리를 일컫는 말이기도 하다."

광혼이 송산과 자신을 가리키며 말하자 이미 예상을 하고 있던 풍월의 입이 함지박처럼 벌어졌다.

"와! 세상에!"

풍월은 연신 감탄성을 터뜨리며 말을 잇지 못했다.

"왜? 좋으냐?"

광혼이 물었다.

"그럼요. 좋고말고요. 협객전에 등장하는 영웅 중에서 십대 고수라 칭해졌던 사람들이 얼마나 많은데요. 그런데 할아버지들이… 와!"

연이은 감탄사에 송산과 광혼 또한 괜스레 어깨를 으쓱했다. 수없이 들어본 칭찬과 감탄이었지만 왠지 지금처럼 기분이 좋았던 적은 없던 것 같았다.

"이제 알았느냐? 네 녀석이 우리들의 무공을 배운다는 것이 얼마나 대단한 것인지를. 제대로만 익히면 능히 천하를 오시할 수도 있단 말이다."

"그럼요. 알고말고요."

송산은 아직도 흥분에서 벗어나지 못하고 있는 풍월의 이마에 꿀밤을 안기며 말을 이었다.

"그런데 늙어 꼬부라져서 뒷방 신세를 진다고? 그 말이 얼마나 어처구니없는 말인지 이제 알겠느냐?"

"흐흐흐. 죄송해요."

풍월은 이마를 문지르면서도 웃음을 감추지 못했다.

"뒷방 신세라니?"

광혼이 의문을 표하자 송산이 도끼눈을 하며 풍월을 노려보았다.

"저놈이 그러잖아. 검황에게 패한 십대고수들이 지금쯤은 다 뒈졌거나 늙어 꼬부라졌을 거라고."

"쯧쯧, 벌써 이십 년이나 세월이 흘렀고만. 누구라도 그렇게 생각할 수 있는 것을. 화가 나더라도 적당히 해야지. 아무리 그렇다 해도 저렇듯 혹이 나도록 때리면 쓰나."

혀를 찬 광혼이 불룩 솟은 풍월의 이마를 가볍게 문질렀다.

"그러니까요. 모를 수도 있는 거지. 일전에 큰할아버지 말대로 작은할아버지는 확실히 속이 좁… 악!"

"다시 말해보거라. 늙은이가, 뒷방이 어째?"

풍월의 귀밑머리를 한없이 치켜올린 광혼이 슬며시 얼굴을 들이밀며 물었다.

난데없이 기습을 당한 풍월은 비명을 지르고 빠져나오려 발버둥을 쳤으나 고통만 늘 뿐이었다.

"어떠냐? 우리가 뒷방에 갈 늙은이처럼 보이느냐?"

광혼이 손끝에 힘을 주자 풍월의 몸이 절로 들썩거렸다.

"아, 좀! 잘못했어요. 잘못했다구요!"

풍월의 목소리가 뾰족해지기 시작하자 낄낄대며 웃던 송산이 슬며시 눈치를 줬다.

가끔이기는 해도 한 번 삐지면 상당히 오래가는 성격이다.

광혼도 더 이상 하다가 역풍이 불 거라 판단하곤 손을 풀었다.

"아씨, 진짜! 모를 수도 있는 거지요."

풍월이 뜯기기 일보 직전까지 치켜 올려졌던 머리카락을

마구 비비며 씩씩거렸다.

"그러니 함부로 입을 놀리면 안 되는 거다. 특히 무림에 나가선 더욱 말조심을 해야 해."

송산이 술잔을 들며 말하자 광혼이 술잔을 부딪치며 거들었다.

"아무렴. 말 한마디 잘못 놀렸다가 칼부림 나기 일쑤인 곳이 무림이지."

두 노인은 주거니 받거니 말을 하며 술잔을 기울였다.

입을 삐죽이며 그 모습을 보고 있던 풍월이 몇 마디 말을 툭 던졌다.

"흥, 아무튼 십대고수가 검황한테 졌다니까 할아버지들도 검황한테 깨진 거네요."

기분 좋게 술잔을 기울이던 두 노인의 행동이 그대로 멈췄다. 입가에 머물렀던 웃음은 온데간데없어졌고 표정은 딱딱하게 굳었다.

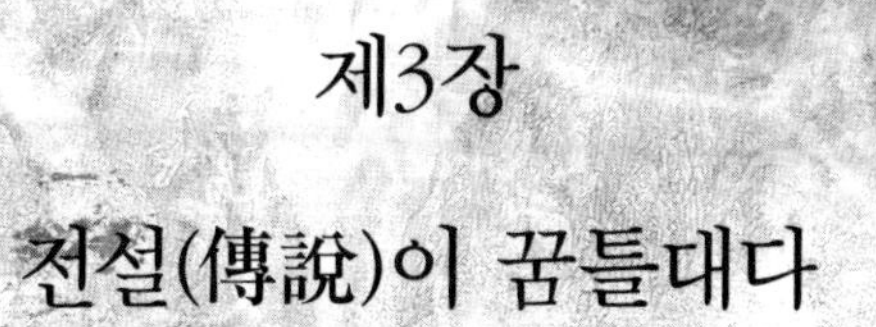

제3장

전설(傳說)이 꿈틀대다

“검황이 정말 그렇게나 강한가요?”

풍월이 물었다.

심통이 나 장난처럼 던진 말이었으나 할아버지들의 반응이 심상치 않자 괜스레 질문을 했다는 생각도 들었다.

어색한 분위기가 한참이나 이어졌다.

“강하지. 정말 강하다.”

송산이 탄식하듯 말했다.

“검황의 강함은 말로 해선 모른다. 직접 경험해 보지 않고는 결코 몰라.”

그때의 대결을 떠올리는지 지그시 눈을 감고 잠시 동안 말이 없던 광혼이 쓴웃음을 지으며 말을 이었다.

“팔십초였던가, 내가 검황을 상대로 버틴 것이?”

“아니, 팔십오초. 나보다 오초를 더 버텼다.”

송산의 말에 광혼이 헛웃음을 흘렸다.

“아직도 마음에 두고 있었고만.”

“당연히. 고작 오초 더 버틴 걸 가지고 상대적으로 우위니 하고 떠들어댔잖아.”

“헛짓거리였지. 검황 입장에선 어차피 그놈이 그놈일 텐데.”

광혼이 술잔을 들었다. 그러자 송산이 거칠게 술잔을 부딪쳤다.

“맞아. 검황에게 우린 그저 자신의 존재를 알리는 역할에 불과한 자들이었을 테니까.”

당시에 느꼈던 패배감을 다시금 곱씹는 것인지 두 사람은 한참 동안이나 별말 없이 술잔만을 기울였다.

자신으로 인해 할아버지들의 심기가 불편해졌다고 여긴 풍월이 눈치를 보며 몸을 들썩이자 광혼이 피식 웃으며 말했다.

“괜찮다. 없는 사실도 아닌데. 자, 각설하고 하던 설명은 마저 해야지.”

"그래야지."

송산이 거칠게 술잔을 던지곤 설명을 이어갔다.

"검황과 십대고수를 알면 대충은 다 끝난 거다. 사실 그것도 의미 없어. 벌써 이십 년이나 흘렀고 장차 네가 무림에 나갈 때면 또 상당한 시간이 흐른 다음이겠지. 네 말대로 다 뒈졌거나 뒷방에서 골골대고 있을 거다. 그만한 세월이라면 얼마나 많은 인재들과 실력자들이 새롭게 등장을 할지 아무도 모른다. 당연히 새로운 십대고수도 명성을 떨치고 있을 것이고. 하지만 무림을 좌지우지하는 세력들은 아마도 건재할 것이다. 현재 무림을 지배하고 있는 세력들은 하루아침에 망하거나 무너지기엔 버텨온 시간이 너무도 대단하거든."

송산이 숨을 돌리려는 찰나 광혼이 끼어들었다.

"무림은 두 세력으로 나뉜다. 정도와 마도. 애당초 마음에 들지도 않고 구분하는 것 자체가 헛짓거리라 여기지만 오랫동안 그렇게 구분하고 불러왔으니 그냥 그런 줄 알고 들어라. 정도를 대표하는 세력은 당연히 소림과 무당파를 중심으로 하는 구파일방이다."

"화산은 왜 빼먹어?"

송산이 발끈하며 눈썹을 치켜올리자 광혼이 그럴 줄 알았다는 듯 웃으며 말했다.

"내부 알력이 있는 문파치고 제대로 성장하는 문파는 없잖아. 십 년 전까지도 분란이 끊이지 않던 화산파를 어찌 구파일방의 대표로 인정할 수 있을까. 저력이 있으니 곤륜이나 공동파처럼 아예 사라지지는 않겠지만 아마도 말석이나 차지하면 다행이지."

송산이 한숨을 내쉬었다.

뭐라 반박을 하고 싶었으나 틀린 말이 없었다.

내부의 분열이 잘 봉합되었으면 모를까 여전히 분란을 잠재우지 못하고 싸우고 있다면 광혼의 말대로 제대로 대접을 받고 있을지 의문이었다. 그만큼 다른 문파들의 성장세가 무서웠다.

"저도 구파일방은 알아요. 협객전에도 나오니까. 그런데 공동파와 곤륜파가 사라졌다고요? 그러면 구파는 아니지 않나요?"

풍월이 물었다.

"공동과 곤륜파를 대신하여 형산파와 해남파가 그 자리를 차지했다. 뭐, 애당초 주인이 정해져 있는 자리가 아니니까 사람들이 그리 칭하니 그런가 보다 하는 거지만."

"아! 해남파. 들어봤어요. 협객전에서는 환영검객(幻影劍客)이란 사람이 있는데 그가 해남파 출신이……."

"시끄럽고. 설명에 집중이나 해."

이야기가 또다시 산으로 갈 조짐이 보이자 송산이 재빨리 제지를 했다.

"구파일방을 안다면 사대세가도 알고 있느냐?"

광혼이 물었다.

"그럼요. 사대세가에서도 얼마나 많은 협객들이……."

풍월이 신나 떠들려 하자 광혼이 헛웃음을 흘리며 손을 들어 말렸다.

"자자, 알았다. 인물은 나중에 하기로 했잖느냐. 하면 신흥 삼대세가는 어떠냐?"

"신흥 삼대세가요?"

풍월이 고개를 갸웃거렸다.

그가 읽고 있는 협객전에 신흥 삼대세가에 대한 설명은 없었다.

"모르는 모양이군. 하긴, 그럴 만도 하다. 역사는 오래되었을지 모르나 삼대세가가 본격적으로 명성을 떨치기 시작한 것은 채 오십 년이 되지 않았으니까. 하지만 그 힘이나 위세는 이미 사대세가와 어깨를 나란히 할 정도다. 특히 악양을 중심으로 장강의 물길을 꽉 틀어쥐고 있다 해도 과언이 아닌 서문세가의 힘은 가히 독보적이라 할 수 있지. 비록 십대고수에 이름은 올리지 못했으나 언제부터인가 무림인명부에 가장 많이 언급되는 세가가 바로 서문세가니까."

"확실히 그렇지. 서문세가에 비하면 근래에 명성을 얻고 있는 혁련세가나 황산진가는 비교할 가치도 없지. 그밖에도 기억해야 할 문파는 많다. 전통의 명문이라 할 수 있는 창해검문, 금도문, 승룡검파를 비롯해서……."

송산은 순식간에 스무 개에 이르는 문파의 이름을 쏟아냈다.

구파일방과 사대세가, 신흥 삼대세가는 물론이고 나중에 언급한 각 문파에 대한 자세한 설명이 곧바로 이어졌다.

하나같이 낯선 이름과 어려운 설명에 풍월이 열심히 눈알을 굴리며 기억하고 있을 때 광혼은 그 나름대로 설명을 할 준비를 했다.

광혼은 마도의 하늘은 당연히 패천마궁이고, 그 패천마궁을 떠받치고 있는 구문칠가삼방이루(九門七家三幇二樓)만 제대로 알고 있으면 다른 설명은 들을 필요도 없다고 하였으나 그 숫자 또한 만만치 않다는 것이 문제라면 문제였다.

그날, 풍월은 하염없이 쏟아지는 비로 인해 오후 훈련을 피했고 덕분에 육체는 편할지 몰랐으나 머리는 쥐가 날 만큼 고생을 해야만 했다.

*　　　*　　　*

전에 없이 청명한 날씨다.

바람은 잔잔하고 며칠간 거칠게 몰아치던 파도 또한 자취를 감췄다.

따뜻한 햇살과 더불어 수많은 꽃들이 제대로 꽃을 피운 화도는 마치 지상낙원처럼 아름답고 평온해 보였다.

하지만 가부좌를 틀고 앉은 풍월과 이를 지켜보는 송산, 광혼의 분위기는 사뭇 달랐다.

딱딱하게 굳은 얼굴, 이마에 맺히는 땀방울, 표정은 무겁다 못해 비장할 정도였다.

두 사람의 분위기가 그대로 풍월에게도 전해졌는지 긴장과는 담을 쌓았다고 해도 과언이 아닌 풍월도 나름 긴장하는 모습이었다.

"언제까지 머뭇거릴 거야? 이제 시작해."

송산이 쉽게 입을 떼지 못하는 광혼을 재촉했다.

송산의 재촉에도 몇 번이나 망설이던 광혼이 마음을 차분히 가라앉히며 입을 열었다.

"오늘부터 네가 배울 심법의 이름은 철마진결(鐵魔眞訣)이다. 일전에 배운 태현심공처럼 상승의 심법으로 넘어가기 위해 기초를 닦는 역할이라 보면 될 게다. 참고로 네가 궁극적으로 배워야 하는 것은 철산도문의 독문심법인 묵천심공(墨天心功)이다."

"본문의 자하신공만은 못해도 제법 쓸 만한 심법이긴 하지."

송산의 말에 광혼이 못마땅한 기색을 드러냈으나 딱히 반박은 하지 못했다.

화산파의 자하신공은 천하가 인정하는 내공심법으로 패천마궁에서도 이에 비견할 수 있는 심법은 궁주가 익히고 있는 혼천무극공(混天無極功)뿐이었다.

"하지만 중요한 것은 심법 자체에 있는 것이 아니라 네가 얼마나 제대로 익히냐는 것이다. 이걸 명심해야 한다."

"예, 그러니까 빨리 시작하죠."

풍월의 대답에 광혼의 미간이 살짝 찌푸려졌다.

'이 녀석이!!'

만반의 준비를 갖췄다고는 하나 혹시나 하는 마음에 아직도 확고하게 결정을 내리지 못하고 갈등하고 있는 자신과는 달리 자신만만한 풍월의 태도가 영 괘씸했다.

그렇다고 당장 혼을 내거나 역정을 낼 수는 없었다. 어쩌면 지금 필요한 것은 두려움과 걱정보다는 그런 자신감일 수도 있었으니까.

"외우라는 구결은 다 외웠겠지?"

"예."

"그 뜻을 잘 새겨둬야 한다."

"걱정하지 마세요. 확실하게 이해했으니까."

자만심에 가까울 정도의 자신감이 여전히 마음에 들지 않았지만 이미 내친걸음이었다.

"그럼 시작하자. 눈을 감고 천천히 호흡을 시작해라."

말과 함께 광혼의 손이 풍월의 명문혈에 닿았다.

풍월이 처음으로 운기를 할 때 송산이 도와준 것처럼 기의 움직임을 안정적으로 인도해 줄 요량이었다.

자신감 넘치는 태도와는 달리 풍월은 철마진결의 구결과 그 뜻을 되뇌며 차분히 호흡을 시작했다.

아예 상리를 벗어난 방법으로 운기행공을 하지 않는 한 대다수 내공심법에서 호흡하는 방법은 크게 차이가 나지 않는다.

다만 내공심법 구결의 해석에 따라서 운기의 과정이나 흐름에 차이가 생기고 더불어 단전과 세맥에 쌓이는 내력의 성질 및 그 양과 질에서 확연히 차이가 나는 것이다.

가령 태현심공의 기운이 봄날 따뜻한 바람과 같다면 철마진결의 기운은 겨울철의 삭풍처럼 차갑고 거칠었다.

풍월의 운기와 더불어 광혼의 도움이 있자 철마진결의 기운이 조금씩 꿈틀댔다.

첫 번째 운기조식이 끝났을 땐 그 존재 자체가 미미했지만 두 번째 운기조식을 끝냈을 땐 확연히 그 기운을 느낄 수 있었다.

바로 그때, 미리 단전에 자리하고 있던 태현심공의 힘이 낯선 기운에 반응하기 시작했다.

그 움직임을 누구보다 먼저 느낀 사람은 광혼이었다.

광혼의 표정이 심각해지고 굵은 눈썹이 역팔자로 움직이자 송산의 표정 역시 덩달아 심각해졌다.

"움직여?"

광혼이 고개를 끄덕였다.

"상황은 어때?"

"아직은 괜찮아. 생각보다……."

이내 말문이 막혔다. 탐색하듯 움직이던 기운이 갑자기 거세게 반발하기 시작한 것이다.

광혼이 다급히 눈짓을 하자 송산이 곧바로 전음을 보냈다.

[지금이다. 만약 단전에서 움직이는 기운을 제어하지 못하면 모든 것이 실패한다.]

송산의 전음이 끝나기가 무섭게 조용히 감겼던 풍월의 왼쪽 눈이 살짝 떠졌다가 다시 감겼다.

평소라면 기함을 할 행동이었으나 다른 누구도 아닌 풍월이기에 크게 동요를 하지 않았다.

제대로 반응을 하고 있음에 오히려 반가움을 표해야 하는 상황이나 내심 불안한 마음은 어쩔 수 없었다.

'이놈아! 꼭 성공해야 한다.'

송산이 식은땀을 닦으며 간절히 빌었다.

어찌 보면 자신의 고집으로 가게 된 길이다.

무림사에 유례가 없을 만큼 위험하고 또 위험한 길. 그 길의 성패가 지금 이 순간에 달렸다.

물론 험난하고 기나긴 여정의 시작점에 불과할 뿐이지만 시작이 반이라고 하지 않던가.

첫 시작을 실패로 시작하는 것과 성공으로 시작하는 것은 분명 큰 차이가 있을 터였다. 가만히 두고 볼 수만은 없었다.

잠시 후, 심호흡을 한 송산이 풍월과 마주 보고 앉더니 기해혈에 장심을 가져다 댔다.

지그시 눈을 감고 상황을 관조하는 송산의 입가에 어느덧 미소가 지어졌다.

생각보다 너무 잘하고 있었다.

단전에 단단히 자리 잡고 있는 태현심공의 기운은 자신의 영역을 침범하는 이질적인 기운을 몰아내기 위해 몇 번이고 꿈틀거렸지만 그때마다 무아지경에 빠져 철마진결을 운기하는 풍월에게서 분리된 또 다른 자아가 그 기운을 적절히 제어하고 있었다.

'이놈 정말……'

송산의 눈동자가 감탄과 기쁨으로 크게 흔들렸다.

믿고는 있었다고 해도 이토록 완벽하게 생각을 분리하고 또 제어할 수 있을 줄은 상상도 하지 못했다. 도움을 주기 위해 나선 것을 머쓱하게 만들 정도였다.

그사이 또 한 번의 운기조식을 마쳤으나 풍월과 광혼은 끝낼 생각이 없는 듯했다.

이전보다 조금 더 커진 힘이 단전을 두드렸음에도 우려스러운 일은 벌어지지 않았다.

풍월은 오히려 조금 전보다 더욱 안정적으로 태현심공의 기운을 제어했다.

아니, 단순히 제어하는 수준을 넘어 그 나름의 운기행공을 시작했다.

'헉!'

송산의 입이 쩍 벌어지고 눈은 경악으로 물들었다.

그가 원한 최상의 결과는 풍월이 한 가지 내공심법을 운공할 때 다른 기운을 충돌 없이 잘 제어하는 것이었다.

한데 풍월은 단순히 제어하는 것을 뛰어넘어 한 몸에서 두 가지의 상반된 내공심법을 동시에 운기하려는 미친 짓(?)을 시도 중이다.

무림사에 다시없는 기사요, 괴사였다.

'아, 안 된다. 안 된다, 이놈아! 미친 짓이야!'

기겁을 한 송산이 어떻게든 막아보려 하였으나 단전에서 출발한 기운은 이미 거궐혈을 지나 옥당혈을 향해 내달리고 있었다.

송산이 황급히 철마진결의 기운을 찾았다.

임맥을 따라 이동하는 태현심공의 기운과는 달리 철마진결의 기운은 정반대인 독맥을 따라 이동했다.

하지만 각각 임맥과 독맥의 종점인 승장, 은교혈이 타동되지 않았기에 되돌아온 기운은 결국 서로가 지나온 길을 교차하여 지나가게 될 터.

만약 그때 충돌이 일어난다면 걷잡을 수 없는 상황이 벌어질 수 있었다.

원래는 임맥과 독맥의 시작이라 할 수 있는 회음, 장강혈이 이어져 있지 않기에 부딪칠 일이 없었다.

하지만 목숨을 걸지 않고는, 아니, 설사 목숨을 걸고 노력한다고 해도 뚫어내기가 거의 불가능에 가까운 승장, 은교와는 달리 회음과 장강혈 사이의 길을 뚫는 것은 그다지 어려운 일이 아니었다.

더구나 풍월은 송산의 도움을 받아 이미 그 길을 연 상태였다.

이미 익숙한 길이었기에 상대적으로 빠른 태현심공의 기운이 어느새 단전과 회음을 지나 명문혈에 이르고, 때마침 철마진결의 기운 또한 명문혈에 도착하고 있었다.

송산은 이를 악물었다.

운이 좋아 큰 충돌 없이 무사히 지나간다면 다행이겠으나 최악의 경우 상반된 두 기운이 정면으로 충돌한다면 지금까지의 노력이 헛되이 되는 것은 물론이거니와 자칫 주화입마에 이르러 목숨을 잃거나 폐인이 될 수도 있었다.

'그럴 바엔 차라리 한쪽 기운이 아예 다른 한쪽을 소멸시키는 것이 최선이다.'

송산의 머리가 냉철하게 회전했다.

현재 두 기운의 크기를 비교해 볼 때 비교적 오랫동안 수련을 한 태현심공의 기운이 상대적으로 컸다.

'나의 힘까지 더해진다면 최악의 상황은 막을 수 있다.'

송산이 불어넣은 기운이 태현심공의 뒤를 조용히 따랐다.

여차하면 압도적인 힘으로 밀어붙일 생각이었다.

지금 그들에게 닥친 상황이 어떤 것인지 눈치채고 있는 광혼 또한 마음의 준비를 다졌다.

그 역시 여차하면 태현심공의 기운에 힘을 싣겠다는 송산의 판단이 옳다고 여겼다.

송산의 계획을 돕기 위해 아예 손을 떼는 것도 하나의 방법일 수도 있다 여겼으나 그렇게 하지는 않았다.

자신이 돕고는 있다고 해도 지금의 힘 자체가 송산이 움직이려는 힘에 비할 바가 아니었고, 풍월 혼자 철마진결의 기운을 제어하는 것이 다소 불안하기 때문이었다.

무엇보다 두 기운이 별 충돌 없이 무사히 자신들의 길을 갈 수도 있다는 막연한 기대가 미련을 놓지 못하게 만들었다.

광혼과 송산은 숨조차 제대로 쉬지 못하고 전신의 감각을 극대화시켜 풍월의 몸에서 벌어지는 상황을 예의 주시했다.

마침내 다가온 운명의 순간.

상반된 두 기운이 명문혈에서 마주쳤다.

충돌이냐, 공존이냐?

찰나의 순간이 영원처럼 느껴졌다.

명문혈에서 마주한 두 기운은 자신과 상반된 기운에 잠시 멈칫거렸다.

그 시간이 결코 짧지 않았기에 이를 살피는 송산과 광혼은 목이 타는 듯한 긴장감에 시달렸다.

'제발!'

광혼과 송산은 한마음, 한뜻이 되어 최악의 상황이 벌어지지 않기를 간절히 빌었다.

그들의 간절한 바람은 외면받지 않았다.

상반된 두 기운이 매서운 발톱을 드러내며 충돌하기 직전, 풍월의 분리된 의식이 두 기운을 완벽하게 제어하며 그들만의 길로 인도했다.

상반된 두 기운은 언제 멈칫거렸냐는 듯 각자의 길을 향해 거침없이 나아갔다.

"아!"

송산의 입에서 희열에 찬 탄성이 터져 나왔다.

주먹을 불끈 쥐는 광혼의 얼굴 역시 기쁨으로 가득했다.

마음 같아선 당장에라도 마음껏 소리치며 기뻐하고 싶었지만 지금 당장은 풍월의 운기행공을 돕는 것이 우선인지라 그렇게 할 수가 없다는 것이 아쉬울 뿐이었다.

"괴물 같은 녀석! 솔직히 믿고는 있었다고 해도 설마하니 이렇게 완벽하게 성공할 줄이야."

송산은 여전히 운기행공에 열중인 풍월을 보며 혀를 내둘렀다.

풍월은 이제 겨우 열두 살이 된 아이라고는 절대로 믿을 수 없을 정도로 과감한 결단력과 추진력, 그리고 놀라운 집중력을 보여줬다. 그중 하나라도 부족했다면 제아무리 분심공을 쓴다고 해도 지금과 같은 최상의 결과는 결코 없었을 것이다.

"이것으로 토대는 마련되었다."

송산이 전에 없이 진지한 표정으로 읊조렸다.
무림십대고수에 속했던 화산검선과 철산마도의 무공을 함께 익히는 미친 짓이다.
가장 심각한 문제라 여겨졌던 상반된 내공심법이 한 몸에서 공존할 수 있는 길을 찾아냈다.
하나의 길에 두 개의 통로를 개척해 낸 것이니 실로 유례를 찾기 불가능한 기적이요, 쾌거였다.
이제 그 길을 더욱 발전시키는 길만이 남았다.
"무림은 곧 새로운 전설을 보게 될 것이다."
확신에 찬 음성이었다.

*　　　*　　　*

"이게 무엇으로 보이느냐?"
송산이 땅바닥을 가리키며 물었다.
오전 내내 힘들게 마보를 수련하고 온 풍월이 지친 표정으로 바닥을 살폈다.
땅바닥에는 사방으로 수많은 발자국이 남겨져 있었는데 고개를 숙여 자세히 살펴보자 대략 한 치 정도의 깊이로 땅을 파고 들어간 것이 보였다.
짚이는 것이 있었다.

"보법인가요?"

"그래, 지금 보고 있는 것이 매화보(梅花步)의 가장 기본적인 보로(步路)다. 바위 위로 올라가서 다시 살펴봐라. 뭔가 다르게 보일 거다."

송산이 가리킨 바위로 단숨에 뛰어올라 간 풍월은 그가 하고자 하는 말을 바로 이해할 수 있었다.

아래쪽에서 봤을 땐 사방으로 어지럽게만 남겨져 있던 발자국이 조금 떨어진 바위 위에서 보게 되자 뭔가 규칙을 가지고 일정한 형태로 움직이고 있음을 확인한 것이다.

전체적인 윤곽은 화산파의 상징이라 할 수 있는 매화와 꼭 닮았다.

"매화를 닮았네요."

"맞다. 원래는 오행을 상징하는 것이었는데 언제부터인가 다들 그렇게 이해한다더구나."

송산이 웃으며 말했다.

"그런데 이게 가장 기본적인 보로라고요?"

바위에서 뛰어내린 풍월이 울상을 지어 보였다.

땅바닥에 새겨진 발자국의 숫자도 숫자지만 언뜻 살펴봐도 그 방향들이 영 거슬렸다.

살짝 흉내를 내보는 것만으로도 벌써 몸이 뒤틀렸다. 이것이 기본이라면 그 위로는 얼마나 복잡한 보법들이 기다리고 있단 말인가.

풍월의 걱정을 눈치챈 송산이 너털웃음을 흘리며 말했다.

"그렇게 겁먹을 것 없다. 기본적인 보로만 제대로 익히면 이후 응용하는 것은 그리 어려운 일이 아니니까. 실전적인 연습을 조금만 하면 기본적인 보로를 제외하고도 네가 상상하는 것 이상으로 많은 길이 있음을 깨닫게 될 것이다. 뭐, 당장 응용을 하라는 말도 없을 게다."

"그건 다행이네요."

풍월은 당장 응용을 하지는 않을 것이라는 말에 안도의 숨을 내뱉었다.

지금까지 무공을 익히는 모든 과정이 그랬듯 어렵기는 해도 노력을 한다면 충분히 할 수 있다고 여겼다.

하지만 이때까지만 해도 몰랐다. '실전적인 연습'이라는 말이 어떤 의미가 있는지, 얼마나 치를 떨고 저주를 퍼부으며 매화보를 익히게 될지를 말이다.

송산이 손짓을 했다.

"우선은 가볍게 익혀보자. 시작해 보거라."

풍월이 멀뚱멀뚱 바라보자 송산이 슬며시 역정을 냈다.

"왜 그리 멀뚱히 서 있어?"

"그러니까 뭘 어떻게 하라는 건지 알아야지요."

풍월이 답답함을 토로하자 송산이 한심하다는 듯 말했다.

"쯧쯧, 눈앞에 있는 발자국을 따라 움직여 보란 말이다. 이 할애비가 할 일이 없어서 발자국을 찍어놓은 줄 알아?"

송산은 그제야 알아들었다는 듯 발자국을 향해 움직이는 풍월을 향해 몇 마디를 덧붙였다.

"운이 좋은 줄 알아. 이 할애비가 배울 땐 이렇게 친절하지 않았다. 발자국이 어딨어? 그냥 대충 시범 보여주고 따라하라고 했지."

"와! 그게 가능해요?"

바닥에 찍혀 있는 발자국의 숫자는 결코 만만치 않았다. 게다가 사방으로 뻗어 있어 순서를 외우는 것도 쉬워 보이지 않았다.

한데 그걸 몇 번의 시범을 보고 따라했다니.

풍월이 믿지 못하겠다는 듯 놀라 되묻자 송산이 거만한 표정으로 수염을 쓸며 말했다.

"가능하지 않으면? 한 번 실수를 할 때마다 연화봉 정상을 찍고 온다고 상상해 봐라. 두어 번 그렇게 뛰어갔다 오면 저절로 알게 돼. 제대로 익히든 그렇지 못하든 순서만큼은 기억하게 된단 말이지. 인간의 위대한 점이라고나 해야 할까."

풍월은 그게 과연 인간의 위대한 점일까 하는 의문을 가졌지만 굳이 말할 필요는 느끼지 못했다. 괜히 말을 꺼냈다가 같은 꼴을 당하면 자신만 손해니까.

풍월은 조금은 긴장된 얼굴로 발을 내딛었다.

송산이 찍어놓은 발자국이 그의 발에 비해 한 치 이상은 더 큰지라 내딛는 데 전혀 문제는 없었다.

“우선은 직선으로 움직여 봐라.”

말이 떨어짐과 동시에 발을 뻗었다. 전혀 어렵지 않았다.

자신감이 붙은 풍월이 거침없이 나아갔다.

한 걸음, 두 걸음, 세 걸음, 막 네 걸음을 떼었을 때 뭔가가 이상하다는 느낌을 받았다.

시선은 정면이었으나 몸은 요상하게 뒤틀려 있었다. 특히 허리 쪽에 받는 압박이 장난이 아니었다.

다섯 걸음을 내딛었을 찰나 결국 중심을 잡지 못하고 고꾸라졌다.

그 모양이 우스웠는지 송산이 껄껄 웃었다.

자존심이 상한 풍월이 벌떡 일어나 다시금 발을 놀렸다.

여전히 다섯 걸음을 나가지 못하고 쓰러졌다.

어려서부터 고집이 남달랐던 풍월은 포기하지 않았다.

입술을 꽉 깨물고 몇 번이나 더 도전을 했다. 그래 봤자 열 걸음을 내딛는 것이 전부였다.

풍월이 숨을 헐떡이며 바닥에 주저앉자 어느새 웃음을 지우고 묵묵히 기다리고 있던 송산이 한 걸음 나섰다.

“보법은 흐르는 물처럼 유연하고 막힘이 없어야 한다. 구름을 노닐듯, 꽃밭을 거닐듯 부드럽고 때로는 세찬 바람처럼 거침없이 나아가야 하지."

송산이 발걸음을 떼었다.

풍월은 단 하나의 동작도 놓치지 않겠다는 듯 눈을 부릅떴다.

"발을 놀리는 방법엔 여러 가지가 있다. 뒤꿈치부터 힘을 싣기도 하고 엄지부터 시작하여 발 전체로 퍼뜨리는 방법도 있지. 처음부터 발바닥 전체를 사용하여 움직이는 방법도 있다. 다만 주의할 것은 모든 동작은 하나로 이어져야 한다는 것이다. 끊어지면 안 돼. 수면을 미끄러지듯 자연스럽게 연결이 되어야 한다."

연신 고개를 끄덕이는 풍월의 눈동자가 반짝거렸다.

때마침 송산의 발이 돌멩이 하나를 스쳐 지나가는 것을 본 것이다.

놀랍게도 돌멩이는 미동도 없었다.

수면을 미끄러진다는 말이 아마도 저런 것이 아닐까 하는 생각이 들었다.

땅에 찍힌 발자국을 향해 무작정 발을 내딛던 자신과 비교했을 때 엄청난 차이였다.

또 하나 자신과 다른 것이 있었다.

앞발이 나갈 때마다 뒷발의 무릎이 자연스럽게 접히며 펴졌다.

방향이 바뀔 때도 마찬가지였다.

물결이 출렁이듯 흐름을 거역하지 않고 무릎과 허리의 반동이 이어졌다.

"봤느냐?"

어느새 모든 발자국을 찍고 돌아온 송산이 물었다.

풍월이 조금은 자신 없는 눈빛으로 고개를 끄덕였다.

"해봐라."

송산이 손짓을 했다. 어차피 한 번에 이해를 하리란 생각도 없었기에 별다른 말을 하진 않았다.

신중히 자세를 잡은 풍월은 송산이 보여준 움직임을 떠올리며 조심스레 발을 내딛었다.

시범을 본 것과 그렇지 않은 것은 확실히 차이가 컸다.

몇 번을 시도해도 열 걸음도 채 떼지 못하고 넘어진 조금 전과는 달리 지금은 위태롭기는 해도 제법 앞으로 나아가고 있었다.

풍월은 서너 번을 넘어지고서야 땅바닥에 찍힌 발자국을 모두 밟을 수 있었다. 그것만으로도 상당히 버거웠는지 바닥에 누워 숨을 헐떡거렸다.

'이해가 느리지 않아. 아니, 확실히 빨라.'

송산이 내심 흐뭇해하며 고개를 끄덕였다.

풍월은 그 나이에 비해 상당히 빠른 이해력과 적응력을 보여주었다.

"아까 말했듯이 지금의 보로가 매화보의 핵심이자 기본이다. 의식을 하지 않더라도 저절로 몸이 움직일 수 있도록 익히고 또 익혀야 할 것이다. 그런 후에야 비로소 제대로 응용을 할 수 있다."

"응용이라면 정확히 어떤 건데요?"

대자로 뻗었던 풍월이 상체를 비스듬히 세우며 물었다.

"지금의 보로가 단순히 수련을 위한 단계라면 응용은 보법을 이용하여 상대를 공격하거나 상대의 공격을 피하는 능력을 기르는 것이다."

풍월이 별 차이를 못 느끼는 듯하자 송산이 다시 자세를 잡았다.

"상대를 공격함에 있어 가장 좋은 방법은 상대가 예상치 못한 방향에서 공격을 하거나 그의 반응보다 더욱 빠르고 날카롭게 파고드는 것이다."

송산이 그의 손짓에 의해 일어난 풍월과 거리를 벌리며 말을 이었다.

"나와 상대와의 거리, 움직임에 걸리는 시간, 그리고 주변 공간까지 완벽하게 장악을 해야 한다는 말이다."

말이 끝남과 동시에 풍월의 왼쪽 목덜미를 송산의 수도가 겨누었다.

놀란 풍월이 입을 쩍 벌리기도 전에 송산의 신형은 이미 한 참이나 물러나 있었다.

"공격은 늘 성공할 수 없다. 항상 상대의 반격을 염두해 두어야 하지. 상대의 시선을 늘 주시하고 움직임을 냉철하게 관찰해야 한다. 그래야만 피해를 줄이고 반대로 역습을 가할 수 있는 것이다."

힘차게 바닥을 찍은 송산의 신형이 급격히 방향을 틀며 사방을 휩쓸고 다녔다.

"권장지각은 물론이고 무기를 사용함에 있어 그 형태나 흐름, 힘의 전달이 제대로 이뤄지려면 보법이 자연스럽고 원활해야 한다. 다리의 방향이나 흐름이 틀어지면 기운이 흐트러지고 제대로 힘을 실을 수가 없는 법이다."

어느새 움직임을 멈춘 송산이 멍한 표정을 짓는 풍월을 향해 물었다.

"그러기 위해선 전제 조건이 또 필요하다. 무엇이라고 생각하느냐?"

풍월이 대답을 하지 못하자 송산이 그의 허벅지를 찰싹 때리며 말했다.

"무엇보다 하체의 중심이 잘 잡혀야 한다. 기본적인 보로를 수련할 때도 그렇지만 응용을 시작하면 두 다리에 무시무시

할 정도로 압력이 가해진다. 그걸 버텨내기 위해서 평상시에 죽을힘을 다해 하체 단련을 하는 것이다. 물론 가장 좋은 방법은 너도 당연히 알고 있는 것이고."

"마… 보."

"그래, 잘 아는구나."

송산의 입꼬리가 살짝 올라갔다.

그 웃음을 보는 순간 불길함이 엄습했다. 그렇잖아도 강도가 세지고 있는 마보의 수련 과정이 지금보다 훨씬 험난해지리란 예감이 들었다.

* * *

"그만, 오늘 수련은 그만하면 되었다."

광혼의 외침에 지칠 대로 지친 풍월이 그 자리에 주저앉았다. 낡긴 했어도 나름 깨끗했던 옷은 먼지로 뒤덮였고 얼굴엔 땟국물이 줄줄 흘러내렸다.

광혼은 머리부터 발끝까지 땀으로 흠뻑 젖은 채 거친 숨을 내뱉는 풍월을 보곤 훈련이 제법 알찼다고 자평하며 흐뭇해했다.

"이제야 어느 정도 흉내를 낼 수 있게 되었구나. 고생했다. 잠시 쉬었다가 다음 수련으로 넘어가자꾸나."

풍월이 천천히 고개를 돌려 광혼을 바라보았다.

흉내라는 말에 울화가 치밀어 올랐지만 부정할 수 없다는 것이 너무 슬펐다.

매화보의 기본 보로를 익히는 데 걸린 시간이 대략 한 달. 이후, 부단한 연습을 통해 나름 능숙하게 펼칠 수 있는 수준까지 도달하는 데 다시 육 개월 정도의 시간이 걸렸다. 물론 송산은 여전히 부족하다고 투덜댔지만 풍월은 할아버지가 자신의 성취에 크게 만족하고 있다는 것을 눈치채고 있었다.

문제는 광혼에게 배우고 있는 섬환보(閃幻步)였다.

기본 보로 자체가 매화보와 비교가 되지 않을 정도로 복잡했고, 또 이름에서 알 수 있듯이 빠르고 급격한 변화를 추구하는 보법이다 보니 찰나의 방심도 허락지 않았고 아차 하는 순간 바닥에 나뒹굴기 일쑤였다.

무엇보다 그를 힘들게 한 것은 땅바닥에 발자국을 만들어 매화보의 보로를 알려준 송산과는 달리 광혼은 손바닥 높이의 통나무를 세워 발자국을 대신 했다는 것이다.

그 차이는 컸다. 매화보를 익힐 땐 어느 정도 방향이 틀어져도 곧바로 중심을 잡을 수 있었지만 통나무 위에선 조그만 실수에도 몸의 중심이 완전히 흐트러져 고꾸라졌다.

통나무 높이가 낮기에 크게 다치지는 않아도 자세가 흐트러진 상황에서 넘어지다 보니 충격이 없을 수는 없었다. 자연적으로 온몸에 멍 자국이 가득했다.

매화보처럼 땅바닥에 발자국을 찍어달라고 강변을 해보기도 했지만 단번에 거절을 당했다.

보법 자체로 끝나는 매화보와는 달리 섬환보는 뒤이어 익히게 될 천섬비(天閃飛)라는 경공과 연계된다는 이유 때문이었다.

천섬비를 익힐 땐 통나무의 높이가 무려 일 장에 이르며 통나무의 폭이 두 뼘에 이르는 지금과는 달리 한 뼘도 되지 않는다는 말은 정신을 아득하게 할 정도였다.

그렇게 일 년여 동안 갖은 고생을 하며 섬환보의 보로를 완전히 체득할 수 있었고, 이제는 매화보처럼 응용 과정을 남겨두었을 뿐이다.

섬환보를 수련하는 과정에서 매화보 역시 소홀히 하지 않은 풍월의 실력은 과거에 비할 바가 아니었다.

집중하여 몸을 움직일 때는 송산과 광혼마저 감탄을 할 정도로 상당한 경지에 이르렀다.

다만 여전히 응용 과정은 배우지 않았다.

풍월이 그 이유를 물어도 응용 과정이라는 것은 딱히 가르쳐 주는 것이 아니라 실전 연습을 통해서 스스로 익히게 되는 것이며, 그 실전 연습은 검을 어느 정도 놀릴 수 있게 된 이후라는 답변뿐이었다.

'도대체 언제까지 이 지루한 수련을 계속해야 검을, 칼을 놀릴 수 있다는 건지 모르겠단 말이야.'

잠깐의 휴식을 끝낸 풍월이 해풍을 집어 들며 한숨을 내쉬었다.

해풍은 날은 없고 도신과 손잡이만 구분되어 있는 칼인데 광혼에게 칼을 받은 날 즉흥적으로 붙인 이름이었다.

"오늘도 그건가요?"

풍월이 물었다. 목소리에 가득 담긴 불만을 모를 광혼이 아니다. 대번 눈썹이 치켜올라 갔다.

"아직 자세도 제대로 되지 않은 녀석이 할 말은 아니라고 본다만. 어서 준비해라."

광혼의 호통에 한숨을 내쉰 풍월이 해풍을 잡고 자세를 잡았다.

칼을 등 뒤로 넘겼다가 앞으로 빠르게 이동시키며 수직으로 베는 기술. 이름하여 내려치기다.

도법에 있어서 가장 기본적인 자세고, 파괴력 또한 으뜸이기는 하나 의외로 익히기가 까다로운 기술이다.

자세가 흐트러지기가 쉽고 칼에 강한 힘을 싣기 위해 어깨를 혹사시키는 경우가 잦았다. 풍월이 바로 그랬다.

"온몸에 힘이 잔뜩 들어가지 않았느냐. 그런 식으로 칼을 휘두르다간 어깨가 상한다고 몇 번이나 말했다. 게다가 그 궤

적은 뭐냐? 내려치기다. 올곧게 넘어와야 할 칼이 어째서 그렇게 춤을 추는 것이지?"

풍월이 해풍을 휘두를 때마다 광혼의 날카로운 지적이 이어지고 이마엔 어느새 땀이 흥건했다.

"손잡이를 가볍게 잡고 부드럽게 팔을 펼쳐야 한다."

광혼이 작대기로 날카롭게 내려꽂히는 해풍을 툭 건드리자 풍월의 손에서 해풍이 튕겨져 나갔다.

"그렇다고 이렇게 허약하게 잡으라는 것도 아니다."

광혼의 작대기가 황당한 표정을 짓는 풍월의 머리를 툭툭 건드렸다.

'으으으! 대체 어쩌라는 겁니까!'

풍월은 치미는 분노를 차마 표출하지 못하고 튕겨져 나간 해풍을 집어 들었다.

"그 표정은 뭐냐? 불만이 잔뜩 쌓인 얼굴이구나."

"아니요."

광혼이 작대기를 어깨에 턱 걸치며 묻자 풍월이 애써 표정을 고치며 말했다.

괴팍하기는 해도 옛날에는 한없이 인자하기만 했던 할아버지들이 무공 수련을 할 때만큼은 전에 없이 매섭고 심술궂게 변했다.

한두 살 나이를 더 먹자 이제는 어린애 취급도 하지 않았다. 괜스레 불만을 터뜨려 봐야 좋은 꼴을 보지 못했다.

"정신 차리고 다시 해보거라. 이제 겨우 백 번 채웠으니 앞으로 이백 번 남았다."

"네."

지그시 입술을 깨물고 자세를 바로 한 풍월은 죽을힘을 다해 해풍을 휘둘렀다.

완벽하다고 할 수는 없으나 스스로 생각하기에 광혼의 시범과 큰 차이는 없다고 여겼음에도 잔소리는 한순간도 쉬지를 않았다.

"언제까지 자빠져 있을 게냐? 다음은 옆으로 베기다."

내려치기 수련을 끝내고 잠시 쉬는 풍월을 향해 광혼의 호통이 터졌다.

주섬주섬 일어난 풍월이 무릎을 살짝 굽힌 자세로 해풍을 잡았다.

옆으로 베기란 말 그대로 빗자루로 청소를 하듯 칼을 옆으로 휘두르는 것이다.

굳이 무림이 아니더라도 뒷골목 시정잡배만 하더라도 알고 있다는 초식, 횡소천군(橫掃千軍)과 꼭 닮았다. 다만 그냥 선 채로 칼을 휘두르는 것이 아니라 왼발이나 오른발이 수평으로 이동을 하고 뒷발이 따라 붙으면서 동시에 칼이 움직였다.

중요한 것은 선심후수(先心後手).

절대로 칼이 먼저 움직이는 것이 아니라 마음이, 몸이 먼저 움직인 이후에 칼이 그 뒤를 따라 움직여야 바른 자세가 나왔다.

"또, 또! 칼이 춤을 추고 있다. 수평선처럼 일정하게 움직여야 한다고 몇 번을 얘기해야 하느냐? 모든 힘은 허리에서 나온다. 허리의 반동, 회전력을 극대화시켜라."

광혼의 잔소리는 옆으로 베기에 이어 좌우 사선으로 베기와 역으로 베기로까지 이어졌다.

각 자세마다 삼백 번씩, 대략 이천 번이 넘도록 해풍을 휘두른 다음에야 비로소 수련이 끝났다.

덜덜 떨리는 손, 후들거리는 두 다리, 녹초가 된 몸으로 쓰러지면서도 풍월은 해풍을 손에서 놓지 않았다.

일전에 수련을 마친 후, 해풍을 땅에 내려놓았다가 경을 친 일이 있었기 때문이다. 그건 송산에게 검을 배울 때도 마찬가지였다.

"큰할아버지."

"왜 그러느냐?"

수련이 끝났기 때문인지 광혼의 목소리는 부드러웠다. 조금 전, 거세게 몰아치던 때와는 분위기 자체가 달랐다.

"언제까지 이거만 해야 돼요?"

질문을 하면서도 호통이 날아들까 봐 눈치를 보는 기색이 역력했다.

"전에도 말했었다. 기본기가 갖춰질 때라고."

"그러니까 그게 언제……."

답답함을 감추지 못하고 목소리를 높이던 풍월이 아차 한 얼굴로 입을 다물었다.

피식 웃은 광혼이 모른 척해주며 대답했다.

"아마도 무의식적인, 혹은 어떤 상황에서도 한 치의 흐트러짐도 없이 완벽한 동작이 나올 때지 않을까 싶다만."

풍월이 이해를 하지 못하겠다는 표정을 짓자 광혼이 조용히 물었다.

"네가 칼을 잡은 지 며칠이나 되었지?"

"벌써 구 개월이 지났는데요."

풍월이 얼른 대답했다.

"흠, 구 개월이면 조금 지겨워질 만도 하구나. 충분히 이해한다. 너뿐만 아니라 다들 그랬으니까."

"그러니까요."

광혼이 자신의 답답함을 알아준다고 여긴 풍월이 기대감에 목소리를 높였다.

"그런데 말이다. 이 할애비가 네가 지금 배우고 있는 그 기초를 익히는 데 얼마나 걸렸을 것 같으냐?"

"얼마나 걸렸는데요?"

풍월이 침을 꼴깍 삼키며 되물었다.

광혼이 다섯 손가락을 활짝 피고 그것도 부족해 손가락 두 개를 그 옆에 붙였다.

“칠… 개월이요?”

뭔가를 직감했는지 목소리가 절로 떨렸다.

“칠 년.”

“…….”

풍월의 얼굴이 일그러졌다.

광혼이 아무런 말도 없이 고개를 푹 숙이는 풍월의 등을 가볍게 두드렸다.

“아참, 네가 작은할아버지에게 배우는 그거 말이다.”

풍월이 절망 가득한 눈으로 고개를 들었다.

“이 할애비처럼 작은할아버지도 화산파에 입문하여 스무 살이 될 때까지 정확히 칠 년 동안 베고, 찌르고, 휘두르기만 했다고 하더라. 그때 배운 것을 토대로 만든 것이 영자팔검(永字八劍)이라고 했으니까…….”

광혼은 말을 끝맺지 않고 슬그머니 자리에서 일어났다.

혹시나 했던 풍월의 얼굴이 다시금 일그러졌다.

뒷말은 들어볼 필요도 없었다.

명색이 무림십대고수라 불리던 할아버지들이 그 단순한 동작을 무려 칠 년씩 수련을 했다면 자신 역시 최소한 그 정도는 해야 기초가 잡힌다는 말이다.

"젠장, 뒤졌네……."

점점 욕설만 늘어갔다.

제4장

독(毒), 독(毒)?

"오늘은 여기까지만 하자."

광혼의 말에 힘겹게 마보를 이어가던 풍월이 그대로 주저앉았다.

"아직도 몸 상태가 제대로 돌아오지 않은 것 같구나. 굳이 무리를 할 필요는 없다고 했거늘."

풍월이 창백해진 얼굴로 고개를 흔들었다.

"괜찮을 줄 알았는데 순식간에 몸이 무거워지는 것이 확실히 만만치가 않네요."

"해독이 됐다고 해도 후유증이 남은 것이다. 특히 네가 물린 얼룩무늬 바다뱀의 독은 독성이 강하기로 유명하니까. 치료가 조금만 늦었어도 큰일 날 뻔했다. 어제 작은할아버지와 얘기를 나눴다. 이제 수영은 그만하도록 하자. 굳이 위험을 자초할 필요는 없지 싶다."

"감사합니다. 솔직히 겁나서 수영은 못하겠어요. 뱀한테 물리는 것 자체는 겁나지 않는데요, 별로 느낌도 없었고. 독은 정말 무섭네요."

풍월이 진심을 담아 몸을 부르르 떨었다.

"독이 얼마나 무서운 것인지 톡톡히 경험을 했구나. 그런 김에 한번 물어보자꾸나. 당금 천하에 독으로써 가장 유명한 곳이 어디냐?"

갑작스런 질문에 풍월이 눈동자를 살짝 굴리며 대답했다.

"사천당문이요."

"맞다, 사천당문. 사대세가 중에서도 가장 오랜 전통을 자랑하는 곳이기도 하다. 그만큼 부침도 많았고 세가를 지키고 지금처럼 키워내기 위해 흘린 피도 많다. 무엇보다 사천이라는 오지에서 독자적으로 발전을 하다 보니 그 어떤 가문보다 혈족에 대한 애착이 강하다. 혹자는 이런 말까지도 했다. '사천당가에선 기르는 개만 건드려도 가주가 뛰쳐나온다'고."

"기르는 개라. 호호호! 말도 안 되는 말이긴 한데 의미만큼은 강렬하게 와닿네요.”

풍월이 키득거리며 웃었다.

“말도 안 되는 말이라고 하기도 뭐한 것이 비슷한 일이 일어난 적이 있다.”

광혼이 쓰게 웃으며 말했다.

“예?”

풍월이 동그랗게 눈을 뜨며 묻자 광혼이 기억을 더듬으며 말했다.

“이 할애비가 첫 임무를 가지고 철산도문을 나왔을 때니까 대충 사오십 년은 된 이야기다. 당시 당가의 가주가 괴팍하기론 무림에서 으뜸이라고 알려진 당기룡이었다. 그리고 그에겐 목숨만큼이나 애지중지하던 고양이 한 마리가 있었지. 백안흑묘(白眼黑苗)라고 새까만 몸에 비해 눈동자가 눈처럼 새하얗다는 영물인데 그렇게 독물을 잘 찾는다고 하더구나. 더구나 워낙 많은 독물을 잡아먹어서 그놈 자체가 독 덩어리란 말도 있고.”

풍월은 하얀 눈동자에 검은 고양이를 떠올리며 인상을 구겼다. 하얀 눈동자라니 생각만으로도 소름이 끼쳤다.

“문제는 이 백안흑묘라는 놈이 주인이 있는 백사 한 마리를 잡아먹으면서 벌어졌다. 그것도 당가만큼은 아니더라도 제법 오랜 전통을 지니고 있는 천독문의 막내아들이 키우고 있는 백사를. 백사가 백안흑묘에게 잡아먹히자 눈이 뒤집힌 막내아들이 백안흑묘를 공격했다. 사실 백안흑묘는 어지간한 고수라도 감당하기 힘든 영물이나 잡아먹은 백사 또한 만만찮은 독물이었는지 그 기운을 소화하느라 진이 좀 빠졌던 모양이다. 열 살도 되지 않는 꼬맹이한테 잡혔을 정도니까."

"열 살요? 막내아들이 열 살이란 말인가요?"

"그래. 당시 백안흑묘를 산 채로 잡아먹은 막내가 열 살 남짓했다고 들었다."

"사, 산 채로 잡아… 먹어요?"

풍월이 끔찍한 표정을 지으며 물었다.

"흠, 온몸을 던져 간신히 놈을 잡은 후, 얼떨결에 목덜미를 물고 피를 몽땅 뽑아 마신 정도니까 잡아먹었다고 하기는 좀 그렇군. 소문은 그렇게 났지만."

"으웩! 피라니 그건 더 끔찍한데요."

일그러진 풍월의 얼굴은 좀처럼 펴질 줄 몰랐다.

"아무튼 백사를 잡아먹은 백안흑묘는 온몸에 피를 빨린 채 죽고 말았다. 그 피를 마신 막내아들 또한 혼수상태에 빠졌지."

"독 때문인가요?"

"아마도. 아까 말했듯 백안흑묘 자체가 독 덩어리니까. 사달이 일어난 것은 그 이후였다."

"대충 돌아가는 이야기를 보니 당기룡이란 사람이 난리를 피웠겠군요."

"맞다. 애당초 사건의 원인을 따지자면 백안흑묘를 제대로 관리하지 않은 그의 잘못이다. 더구나 천독문의 막내아들은 아예 깨어나지도 못하고 있었지 않느냐? 누가 봐도 당가에서 사과를 하고 책임을 져야 하는 상황이었으나 백안흑묘를 잃은 당기룡은 이미 완전히 이성을 잃은 상태였다. 당기룡의 명에 의해 당가는 천독문을 대대적으로 공격했다."

"쯧쯧, 염치가 없는 인간들이네요."

풍월이 어처구니없다는 듯 혀를 찼다.

"부끄러운 민낯을 드러낸 것이지. 어차피 무림은 그들이 늘 떠들어대는 명분이나 정의보다는 힘이 우선하는 곳이니 거칠 것이 없었을 게다."

풍월은 광혼의 말투에서 어딘지 모르게 사천당가, 나아가 백도무림 전체를 조롱하는 듯한 느낌을 받았다.

"결과적으로 천독문은 멸문지화에 가까운 참사를 당하고 말았다. 그나마 명맥이 끊기지 않은 것은 때마침 정무련에 들렀다가 돌아온 손자 당추의 강력한 제지 때문이었지."

"당추요?"

"그래, 당추. 유일하게 당기룡 앞에서 바른 말을 하고 말릴 수 있었던 인물이라나. 하긴 그럴 만도 하지. 당시 사천당가에서 배출한 최고의 기재이자 장손으로서 어른들의 사랑을 한 몸에 받았을 테니까. 참고로 우리가 무림을 떠날 즈음엔 당가의 가주가 되어 한동안 휘청거렸던 당가를 다시 일으켜 세우느라 열심이었다."

어딘가 말이 이상했다. 뭔가 모를 맥락이 빠진 듯했다.

"당가가 휘청거리다니요? 왜요?"

광혼이 바로 그 질문을 기다렸다는 회심의 미소를 지으며 말했다.

"독괴 추망우."

추망우라는 이름을 듣자마자 얼개가 맞춰졌다.

풍월이 자신도 모르게 소리쳤다.

"복수다. 맞죠? 추망우가 천독문의 후예였군요. 그 막내아들이요."

"맞다. 백안흑묘의 피를 모조리 마시고 혼수상태에 빠졌던 막내아들이 바로 추망우였다. 나이 삼십에 독중지성을 이뤄내고 사천당가에 도전했던 천재, 아니, 천재라기보다는 운명이 그렇게 만들었지 싶다. 백안흑묘의 피를 그렇게 먹고 살아났다는 것이 천운이니까. 어쨌건 복수에 나선 추망우는 모두의 예상을 깨고 당가에 막대한 피해를 입혔다. 사천당가가 사대세가에서 말석을, 아니, 아예 밀려날지도 모른다는 소문이 돌

정도였으니까."

"그래도 결국은 사천당가가 이긴 모양이네요."

"왜 그리 생각하느냐?"

광혼이 의미심장한 미소를 띠며 되물었다.

"당추라는 분이 휘청거리는 당가를 다시 세웠다면서요. 졌다면 그런 말은 없었겠지요."

"절반만 맞았다. 추망우가 복수를 포기하고 물러났으니 당가가 이겼다고도 생각할 수 있겠으나 상식적으로 생각해 봐라. 그걸 당가의 승리라 여길 사람이 있는지를. 이겨도 이긴 것이 아니야. 오히려 추망우가 전략적인 선택을 잘한 것이지."

"전략적인 선택이라니요?"

풍월이 두 눈을 꿈뻑거리며 물었다.

"기억하거라. 자고로 무림인들처럼 속 좁은 인간도 없다. 한번 마음에 원한을 품으면 결코 잊는 법이 없어. 당가에 홀로 도전한 이후 십대고수라 추앙을 받고는 있으나 추망우도 같은 족속이다. 다만 더 이상 나아가려다간 목숨을 부지할 수 없다고 여겨서 물러난 것뿐이다."

풍월이 이해할 수 없다는 표정을 짓자 나직이 한숨을 내쉰 광혼이 말을 이었다.

"기세를 올리던 추망우가 물러난 이유는 간단하다. 삼대금용암기가 등장했거든."

"삼대… 가 뭐요?"

"삼대금용암기. 워낙 위력이 끔찍하고 공포스러워서 전 무림에서 암묵적으로 금지하는 암기다."

"전 무림에서 금지라면 백도나 흑도에서 합의를 했다는 말인가요?"

전 무림에서 금지라는 말에 풍월이 놀라 물었다.

"그래, 딱히 기록으로 남기거나 한 것은 아니나 암묵적으로 그렇게 합의를 했다. 이백여 년 전의 혈사 때부터 워낙 악명이 높았으니까."

"한데 당가에서 그걸 사용하려 했다는 말이네요."

"그만큼 피해가 컸으니까. 그리고 세가가 무너지는 상황이라면 못 쓸 이유도 없지. 더구나 삼대금용암기 중 무려 두 가지를 보유하고 있는 당가라면 더욱더. 아, 그리고 정확히 말하자면 사용하려 한 것이 아니라 사용했다. 삼대금용암기 중 가장 위력이 약한 것이었으나 단독으로 당가에 도전했던 추망우가 겨우 목숨만 구해 달아났다더라."

"그, 그게 뭔데요?"

홀로 사천당가에 도전했던 추망우가 겨우 목숨을 구했다는 말에 풍월의 목소리가 절로 떨렸다.

"혈루비(血淚飛)."

"혈.루.비. 이름부터 살벌하네요. 근데 왜 하필이면 피눈물일까요? 그만큼 위력이 세서 그런가요?"

"손바닥만 한 통이 폭발하면 그 파편이 안에 든 절독과 함께 사방으로 흩어지는데 독에 중독되면 칠공에서 피를 흘리면서 죽는다고 한다. 특히 눈에서 많은 피가 흐른다고 하지. 그래서 혈루비란 이름이 붙은 거다."

마치 그 장면을 상상이라도 하듯 풍월의 표정이 기괴하게 변했다.

"나머지 두 개는 뭔데요?"

"염왕사(閻王沙)와 환희살(歡喜殺)이다."

"혈루비 못지않은 이름들이네요."

이름을 되뇌이던 풍월이 침을 꿀꺽 삼켰다.

"염왕사는 말 그대로 지옥에서 사용될 만큼 끔찍한 독 모래를 말함이고, 환희살은 폭죽과 같다고 생각하면 된다."

"폭죽이요?"

"그래, 원단의 폭죽놀이를 떠올리면 돼. 하늘 높이 솟구친 폭죽이 터질 때 그 아름답고 경이로운 풍경에 다들 환희를 느끼지. 그 순간 죽는 거야. 환희살이 터지면 피아를 가리지 않고 사방 십 장 내에 살아 있는 것은 존재할 수 없다."

풍월의 입이 쩍 벌어졌다.

"진짜 미쳤네요. 그것도 당가에서 만든 건가요?"

"아니다. 당가의 것은 혈루비와 염왕사다."

"당가가 아니라면……."

"패천마궁. 정확히는 패천마궁을 떠받치는 구문칠가삼방이루 중 삼방에 속한 만독방에서 만든 괴물이지."

광혼은 자신을 마치 만독방의 인물처럼 바라보는 풍월의 시선에 코웃음을 치며 말했다.

"그렇게 보지 마라. 잔인하기로 따지자면 염왕사 또한 만만치 않으니까."

"염왕사가요?"

"그래, 당가의 염왕사는 말 그대로 독 모래다. 바람에 흘려보내면 소량의 양으로도 엄청난 인원을 독살시킬 수 있는데 문제는 피아의 구분이 없다는 거야. 그냥 걸리는 모든 이를 죽음에 이르게 만드는 끔찍한 물건이란 말이지. 물론 바람의 방향을 읽고 피한다면 어느 정도 아군의 피해를 줄일 수 있다지만 그건 환희살 또한 마찬가지. 어차피 만들어져서는 안 되는 무기들이었어."

"그렇군요. 염왕사와 환희살을 알게 되니 상대적으로 혈루비가 정상적으로 느껴지네요."

풍월이 허탈하게 웃으며 말했다.

"그래서 당가에서도 사용하는 데 부담이 적었을 게다. 그런데 이 무기들의 공통점이 무엇인지 알겠느냐?"

"독이네요."

"맞다. 모래든 폭죽이든 그 안의 핵심은 독이라는 것이지. 통상적으로 독은 단독으로 쓰일 때보다 혼합이 되었을 때 더욱 지독한 독이 나오는 경우가 많다고 하는데, 염왕사를 만들기 위해 들어가는 절독이 오십 가지도 넘는다고 들었다. 환희살은 그 이상이라고 하더라."

"미친! 참 별에 별짓들을 다 하네요."

"비겁하다고 생각하느냐?"

광혼이 의미심장한 얼굴로 물었다.

"그렇잖아요. 자기가 직접 몸으로 익힌 실력으로 싸우는 것이 아니라 독이라니. 살수도 아니고."

풍월의 음성엔 독에 대한 혐오감으로 가득했다.

"그 또한 실력이다. 그렇게 폄하할 건 아니야."

풍월이 이해하지 못하겠다는 듯 바라보자 광혼이 진지한 표정으로 말했다.

"그 독의 성분을 알아내기 위해서, 또 독을 채취하고 만들어내기 위해서 얼마나 많은 이들이 그들의 시간과 공을 들였겠느냐? 그들 역시 목숨을 걸었다. 아차 하는 순간 목숨을 잃을 수도 있음이니 어쩌면 몸으로 익히는 것보다 훨씬 힘든 길이었을 게다. 그렇게 쌓여 만들어진 것이 독과 독공이다."

"……."

풍월은 별다른 말을 하지 않았다.

이성적으론 이해를 해도 심정적으로 동의를 못하겠다는 표정이었다.

"각설하고, 너는 이렇게 위험한 독을 어찌 상대할 테냐?"

광혼이 조금은 지친 표정으로 자세를 바꾸며 물었다.

따지고 보면 지금부터가 본론이다.

"일전에 작은할아버지가 말해줬어요. 내력이 어느 정도 쌓이면 외부에서 침입하는 불순한 기운을 제거할 수도 있다고요. 불순한 기운이라면 당연히 독도 포함되지 않을까요?"

"맞다. 하지만 가장 좋은 것은 애당초 중독이 되지 않는 것이겠지."

"에이, 그건 불가능한 일이잖아요."

풍월이 약간은 야유가 섞인 듯한 음성으로 말했다.

"불가능하지는 않다. 어지간한 독은 그 성질 때문에라도 특유의 향이 있다. 직접적으로 상처를 입어 몸으로 들어오는 것만 아니라면 미리 눈치를 채고 호흡을 멈춤으로써 독을 차단할 수 있지. 한마디로 낌새가 이상하면 무조건 호흡을 멈추고 보라는 거다. 괜히 고생하기 싫으면."

"모든 독이 냄새가 있나요? 없는 것도 있을 것 같은데요."

"당연히. 독은 그 자체의 위력도 위력이지만 은밀성에 생명이 달려 있다고 해도 과언이 아니니까. 그 은밀성이란 궁극적으로 색이 없고, 맛도 없고, 향도 없는 것을 의미한다. 마치 공기처럼 자연스러운 것이라고나 할까."

풍월이 두 눈을 동그랗게 떴다.

"그런 게 가능하다고요?"

"가능하다. 사천당가에선 이미 그런 독을 구현해 냈다. 패천마궁의 만독방에도 비슷한 위력의 독이 있고. 참고로 독괴 추망우의 독공도 그런 특징을 지녔다고 하더구나."

"그렇다면 그건 정말 방법이 없겠네요. 색도 없고, 맛도 없고, 향도 없다면 몸에 들어올 때까지 속수무책이잖아요."

"맞다. 눈치챘을 땐 이미 심각하게 중독이 된 후겠지. 해독제가 있다면 다행이겠으나 애당초 그런 독에 해독제는 존재하지 않아. 설사 있다고 해도 제 놈들이나 알고 있겠지."

"그럴 경우 어찌해야 되죠? 그냥 죽는 건가요?"

독에 대한 반감 때문인지 풍월의 음성에 은은한 분노가 깃들어 있었다.

"아니다. 설사 중독이 되었다고 해도 마지막 방법이 있지 않느냐? 몸에 지닌 내력을 동원해서 독을 막아내야지. 독 기운을 한쪽으로 몰아 몸 밖으로 배출할 수도 있고, 아니면 삼매

진화로 아예 태워 버릴 수도 있다. 그것이 불가능하다면 최소한 다른 독이나 약재로써 중화를 시킬 수 있을 때까지 독 기운을 잡아놓을 수는 있겠지. 물론 그 과정이 쉬운 것은 아니다. 십중팔구는 실패를 할 것이고, 설사 성공을 한다고 해도 심각한 후유증이 뒤따를 게다."

고개를 끄덕이던 풍월이 문득 생각난 듯 물었다.

"그런데 해독제라는 것이 그렇게 구하기 어렵나요?"

"사람들에게 잘 알려진, 일반적인 독의 해독제는 어느 정도 쉽게 구할 수가 있지만 독의 위력이 강할수록, 또 외부에 노출되지 않은 각 문파나 가문의 독은 해독제를 구할 수 있는 방법이 사실상 없다. 자신들의 무기가 무력화되는 것을 원하지는 않을 테니까. 참고로 피독주(避毒珠)라는 기물이 있는데 몸에 지니고 있기만 해도 어느 정도의 독은 자연적으로 해독이 된다더구나."

"와! 그게 사실이라면 진짜 보물이네요."

풍월의 입에서 탄성이 터져 나왔다.

"그래, 할애비도 이름만 들었지 본 적은 없다. 당가에서 보유하고 있다고는 하는데 사실인지는 또 모르겠고. 보유하고 있다고 해도 워낙 보물인지라 함부로 노출시킬 이유는 없겠지."

그때, 뒤쪽에서 송산의 음성이 들려왔다.

"다 필요 없고 그저 만독불침의 경지만 이루면 된다. 만독불침에 이르면 어지간한 독은 호흡과 함께 사라지고 무림에서 손꼽히는 독이라 하더라도 큰 영향을 끼치지 못해."

송산의 등장과 함께 확 밀려드는 술 냄새에 광혼이 코를 움켜쥐었다.

"대낮부터 술은. 아무튼 말이야 쉽지. 그게 쉬운 일은 아니잖아. 우리가 무림에 있을 때도 내가 아는 한 그 정도 경지에 이른 사람은 한 손에 꼽을 정도였어."

광혼의 핀잔 섞인 말에 풍월이 빠르게 반응했다.

"그래도 있다는 거네요. 누군데요?"

그런 풍월을 어이없게 바라보던 광혼이 피식 웃으며 입을 열었다.

"우선 사천당가의 가주, 당가와 맞서 싸운 독괴 추망우, 만독방의 방주, 만독방을 발아래에 두고 있는 패천마궁의 궁주, 그리고 마지막 한 사람이야 당연히……."

광혼보다 풍월의 말이 빨랐다.

"검황이군요."

"맞다, 검황."

"할아버지들은요? 만독불침의 경지에 이르렀나요?"

송산과 광혼은 풍월의 질문에 허를 찔린 듯한 표정을 짓다 고개를 저었다.

"만독불침의 경지라는 것이 말처럼 쉬운 게 아니다. 검황처럼 극고의 경지에 이른 자거나 당가나 만독방의 방주처럼 어릴 적부터 독에 대한 내성을 키운 자들이나 가능한 것이지. 뭐, 추망우야 영물의 도움을 받아 본의 아니게 그리된 것이지만. 그런 경우를 제외하면 가능성은 거의 없다고 봐야겠지."

"그런 걸 저보고 해내라는 거군요."

풍월이 송산을 보며 어이없는 웃음을 지었다.

"이놈아! 열심히 노력을 하라는 뜻이다. 독에 대한 내성을 키우는 것이야 불가능하지만 검황처럼 압도적인 실력을 쌓으면 가능성이 있는 것 아니더냐."

송산이 꾸짖듯 말하자 광혼이 웃으며 한마디 거들었다.

"내성을 키울 정도는 아니더라도 이 할애비가 몇 가지는 경험하게 해주마."

풍월이 침을 꿀꺽 삼켰다.

광혼은 의술에 조예가 깊었다. 이는 곧 독에 대한 지식도 남다르다는 것을 의미했다.

"그렇다고 너무 겁먹지는 말고. 이 할애비가 해치기야 하겠느냐? 그냥 적당히 맛만 보여주마."

광혼의 입가에 슬며시 웃음이 지어졌다. 그건 송산 또한 마찬가지였다.

"이미 충분히 경험했는데요. 죽다 살아났잖아요."

풍월이 질색을 하며 말했다.

"그걸론 부족하지. 조금 더 경험해 보자꾸나. 독에 대한 주의력을 키울 수 있을 정도만 말이다."

"으으으."

광혼의 말에 풍월의 얼굴이 하얗게 질려갔다.

풍월이 불안감에 떨거나 말거나 광혼과 송산은 이후에도 그들이 알고, 경험해 본 온갖 독에 대해서 설명을 늘어놓았다.

사천당문이 각 독의 위력이나 위험도, 특징을 이용해 오단계로 분류를 해놓았다는 것이, 그리고 그것이 사실상 무림의 표준이 되었다는 사실이 무척이나 흥미로웠다.

"사천당가가 참 대단하긴 대단하네요. 그 많은 독의 성분을 분석하고 서열을 정하다니요. 그렇다는 것은 최소한 어느 정도는 실험을 해봤다는 거잖아요."

"당연하지. 사천당가가 하루아침에 독의 최고봉으로 불리는 것이 아니다. 그만큼 많은 시간과 노력을 기울였기에 가능한 것이야. 물론 독이라는 특징 때문에 많은 이들에게 배척을 받는 것은 사실이나 한 분야에서 일가를 이뤘다는 것만큼은 누구도 부인할 수 없고 충분히 인정을 해줘야 하는 것이다."

"확실히 그러네요. 정말 대단한 사람들입니다."

독과 그것을 사용하는 이들에 대해 다소 편협한 마음을 품고 있던 풍월의 입에서 진심 어린 감탄이 터져 나왔다.

"무서운 사람들이기도 하다. 집요한 사람들이기도 하고. 특히 앞서 말했듯 은원 관계가 그야말로 칼날 같다. 은혜를 입으면 두세 배로 갚아주고 원한은 절대로 잊지 않는다. 대충 열 배로 갚는다고 보면 될 거다."

"어지간하면 상종하지 말라는 뜻 같네요."

풍월이 질린 듯한 웃음을 흘렸다.

"굳이 상종할 이유는 없다지만 사람 일이란 또 모르는 것 아니더냐. 기왕이면 좋은 관계를 맺으라는 말이다."

풍월이 송산과 광혼을 물끄러미 바라보았다. 지금껏 할아버지들이 이토록 몇 번이고 주의를 주고 강조를 하시는 것을 경험해 보지 못했다.

'뭐, 그만큼 까다로운 곳이라는 것을 의미하는 것이겠지.'

사천당가는 그렇게 어지간하면 상종하지 말아야 할 까다로운 곳으로 풍월의 뇌리에 각인되었다.

"참고로 사천당가는 독으로 일가를 이룬 곳이기도 하지만 암기 제조와 암기술 또한 무림에서 첫손에 꼽힌다. 아무래도 암기와 독을 단독으로 사용하는 것보다는 같이 사용하였을 때 효과가 극대화되기 때문이겠지."

광혼에 이어 송산의 말이 이어졌다.

"무림에서 전설적으로 내려오는 십대암기 중 사천당가에서 만든 것이 절반에 이른다."

"대단하네요."

"모든 암기를 알 필요도 없고 알 수도 없지만 통상적으로 많이 사용되는 암기들이 있다."

송산이 광혼에게 고개를 돌리며 물었다.

"대충 스무 가지 되려나?"

"세분화를 한다면 훨씬 더 되겠지만 크게 본다면 아마 그 정도쯤이겠지."

풍월은 한참 동안이나 온갖 암기와 암기술에 대해 설명을 들어야 했다.

실체가 느껴지지 않는 독보다는 눈으로 구체화시킬 수 있다는 점에서 생각보다 어렵지는 않았지만 그래도 조금 지겹기는 마찬가지였다.

"어쨌거나 독과 암기의 생명은 은밀함과 신속성이다. 네가 공격을 할 때도 이 점을 염두해 두어야 할 것이고, 공격을 받는 상황에서도 반드시 의식하고 있어야 한다."

"예."

마침내 설명이 끝났다는 생각에 대답하는 풍월의 목소리가 유난히 우렁찼다.

"사천당가의 얘기는 이쯤에서 마무리하는 것으로 하자. 힘들 텐데 가서 쉬거라. 아니다. 생각해 보니 설명을 안 한 것이 있구나. 잠시 앉아봐라. 굉장히 중요한 것임에도 까먹었어."

광혼이 자리를 뜨려던 풍월의 팔을 잡아 주저앉히며 말했다.

"뭔데?"

송산이 의아한 표정으로 물었다.

"미혼향."

"미혼향? 아까 산공독 설명하면서……."

고개를 갸웃거리던 송산은 의미심장한 웃음을 흘리는 광혼의 표정에서 그제야 이해를 했다는 듯 고개를 끄덕였다.

"그렇군. 어쩌면 제일 중요한 독을 빼먹을 뻔했어."

"그게 뭔데요?"

엉거주춤한 자세로 앉은 풍월이 물었다.

"미혼향, 아니, 정확히 말해주마. 최음향이다."

"최… 음향이요?"

낯선 단어에 풍월이 고개를 갸웃거렸다.

"이건 정말 골치 아픈 독이다. 한번 중독이 되면 딱히 해독약이 없어. 시간이 흐르면 저절로 해독이 되는데 그 과정까지가 정말 힘들지. 온몸의 혈맥이 금방이라도 터질 듯한 고통을 감수해야 하니까."

"해독제도 없나요?"

"딱히 없다. 이건 검황이라도 답이 없어. 시간이 약이야."

"검… 황도요?"

만독불침이라는 검황도 답이 없다는 말에 풍월은 소스라치게 놀랐다.

그 말이 사실이라면 최음향이야말로 천하제일독이라 할 수 있지 않은가.

"사실 가장 쉽고 간단한 해독 방법이 있기는 하지."

송산이 풍월의 옆구리를 툭 치며 말했다.

이건 또 뭔 소리란 말인가. 검황도 답이 없다라는 말이 끝나고 숨도 돌리지 않은 상황이다.

풍월의 눈살이 자신도 모르게 찌푸려졌다.

"음양의 조화를 이루면 된다."

점점 모를 소리다.

"최음향이란 말 그대로 음욕을 부추기는 독이다. 네 녀석이 요즘 주체하지 못해 어쩔 줄을 몰라 하는 그거 말이다."

송산의 의미심장한 웃음을 보자 비로소 감이 왔다.

"제가 언제……."

풍월이 빨개진 얼굴로 변명을 하려 하자 송산이 코웃음을 쳤다.

"우리가 모를 줄 아느냐? 얼마 전, 해적 놈들이 놓고 간 물건 중에 재밌는 책이 있었지 아마."

"춘정(春情) 어쩌고 했던 것 같은데. 저놈이 제목을 슬그머니 지워서 확실하진 않지만."

"아침마다 눈이 퀭해져서 나오는 이유가 바로 그거 때문일까?"

"아니면? 시간만 나면 보더군. 아예 닳아 없어지겠어. 그 전에 이놈아! 네 뼈가 삭는 것이 먼저야."

광혼과 송산은 서로 주고받으며 풍월이 쥐구멍을 찾도록 만들었다.

"아무튼 최음향이란 음욕을 극대화시키는 약이다. 독인 듯 독이 아닌 요상한 것이지. 어쨌건 그걸 해소하지 못하면 어떤 고통이 있는지는 네 녀석도 어느 정도는 감을 잡고 있겠지. 하지만 상상도 하지 마라. 네가 상상하는 것보다 최소한 열 배, 아니, 백 배는 더 고통스러운 것이니."

"그렇다고 함부로 음욕을 채우려 하면 이는 적의 간계에 빠지는 것은 물론이거니와 곧바로 네 명예나, 혹은 목숨으로 직결된다. 더불어 그때는 인간이 아니라 한낱 색마, 짐승으로 취급받게 되겠지."

풍월이 침을 꿀꺽 삼키며 말했다.

"무조건 참는 방법뿐이라는 거네요."

"맞다. 참아야 한다. 세간엔 음욕을 끝까지 해결하지 못하면 혈맥이 터져서 죽는다고 알려져 있지만 내가 아는 한 그런 일은 없다. 엄청난 고통만 느낄 뿐이지. 참고로 이건 당가의 식솔에게서 확인한 사항이다. 그럼에도 혈맥이 터져 죽느니 하는 헛소리가 나오는 건 다 핑계를 대기 위함이다. 자신의 실수를 합리화하는 것이야."

"저기……."

풍월이 말꼬리를 흐리자 광혼이 손짓을 했다.

"궁금한 것이 있으면 언제든지 질문을 하라고 했다. 뭐냐?"

"그게 혼자서는 해결이 안 되는 건가요? 한두 번, 아니, 네다섯 번이면 어떻게 해결이……."

풍월은 말을 끝맺지 못하고 고개를 푹 숙였다.

풍월의 질문을 상상조차 하지 못한 광혼과 송산은 잠시 말이 없다가 서로 마주 보며 미친 듯이 웃었다.

"흐흐흐! 그래, 그래. 벌써 열다섯이니 너도 이제 사내가 다 되었구나. 미안하지만 그건 이 할애비도 모르겠다. 그런 식으로 풀었다는 사실도 잘 듣지 못했고."

"정 궁금하면 네가 시험을 해보면 되겠구나. 그 결과는 꼭 알려주도록 해라."

귀밑까지 빨개져 고개를 숙이는 풍월을 보며 송산과 광혼은 한참이나 웃음을 참지 못했다.

제5장

슬픔을 이겨내고

지난밤부터 몰아치는 폭풍우가 수그러들 기미가 보이지 않았다.

처음 무공을 배울 땐 폭풍우가 심한 날은 그래도 수련의 강도가 약해졌지만 요즘은 달랐다.

오히려 악천후 속에서 진정한 실력이 나온다며 수련의 강도를 더욱 높였다.

지금이 그랬다.

평소 각 삼백 번씩 휘두르던 베기를 무려 오백 번으로 올려버린 광혼의 만행 덕분에 풍월은 집 안으로 거의 기다시피해서 들어왔다.

“고생했다. 쯧쯧, 이런 날은 조금 적당히 하라니까.”

송산이 넋이 빠진 듯한 풍월을 보며 혀를 찼다.

말과는 다르게 표정엔 안쓰러운 기색이 전혀 보이지 않았다.

고개를 갸웃거리는 것이 광혼에 비해 자신의 수련이 너무 약하지 않았는지 고심하는 것처럼 보이기까지 했다.

“그 표정은 뭘까요?”

풍월이 입을 내밀며 물었다.

“흐흐흐. 눈치는 빨라.”

“……”

“쓸데없는 상상은 하지 말고 따뜻한 물 받아놨으니까 어서 씻고 와라. 힘들다고 뻐지면 병난다.”

“예.”

겨우 대답한 풍월이 옷을 하나씩 벗어던지며 부엌 겸 목욕탕으로 향할 때 광혼이 젖은 장삼을 벗어 들며 들어왔다.

“녀석은?”

“목욕하러 보냈어.”

“잘했네. 그렇게 피로를 풀어주는 것이 좋지.”

“좀 어때? 아까 살짝 보니까 제법 자세가 잡혔던데.”

광혼이 풍월이 사라진 쪽을 힐끗 바라보더니 목소리를 낮

줬다.

"그렇지? 제대로 자세를 잡았어. 이제는 다음 단계로 넘어갈 때도 된 것 같은데 그쪽은 어때?"

송산이 나직이 웃으며 말했다.

"마찬가지다. 단순히 흉내를 내는 것이 아니라 몸에 확실히 각인을 시켰어."

"다행이네. 극과 극이라 걱정을 많이 했잖아."

"그때도 말했지만 보통 재능이 아니야. 천재까지는 몰라도 어디를 가도 기재 소리는 들을 만할걸."

"게다가 사부들까지 보통 인물이 아니니 당연하지."

"아무렴."

스스로의 얼굴에 금칠을 하는 광혼의 말에 송산도 동감한다는 듯 크게 고개를 끄덕였다.

"핏줄하고도 연관이 있는 것 같은데 그건 어떻게 생각해?"

송산이 툭 던지듯 물었다.

광혼이 화들짝 놀란 얼굴로 목욕탕 쪽을 바라보곤 말했다.

"미친 거야? 갑자기 핏줄 얘기는 왜 꺼내? 목소리는 왜 그렇게 크고."

"그게 어때서? 녀석도 내일 모레면 열여섯이야. 남자 나이 열여섯이면 사내로서 구실을 하고도 남지. 그리고 언제까지 비밀로 할 수는 없잖아. 며칠 안 남았다면서?"

송산의 반문에 광혼의 표정이 어두워졌다.

그동안 필사적으로 노력을 했음에도 풍월 모친의 병이 점점 더 위중해졌기 때문이다.

사실 위험한 징후가 보인 것이 벌써 오 년 전, 지금까지 버텨온 것이 기적이라면 기적이었다.

이제는 어떤 약과 침으로도 병세의 악화를 막을 방법이 없었다.

"정확히 며칠이나 버틸 것 같아?"

잠시 침묵을 하던 광혼이 한숨을 내쉬며 말했다.

"일주일 전후. 억지로 버티게 한다면 열흘까지는 가능할지 모르나 그 이상은 힘들어."

"녀석도 알지?"

"당연히. 눈치가 보통이 아니라는 걸 알잖아."

송산의 눈가에 안타까움이 스쳐 지나갔다.

"당분간은 수련을 멈추는 것이 좋겠다. 마지막을 함께할 시간은 줘야지."

"그래."

"한데 그건 어째야 할지 모르겠네."

"뭐를?"

송산의 표정이 차갑게 가라앉았다.

"제 어미를 그렇게 만든 놈들에 대해서."

"해주긴 해줘야겠지. 하지만 지금까지 묻어뒀는데 굳이 지금 해줘야 할지 모르겠어."

광혼이 조금은 회의적인 표정을 지었다.

"묻어뒀다기보다는 우리가 아니라 제 어미한테 듣기를 바란 것이지. 원하는 대로 되지를 않아서 문제지만."

그때 문 뒤에서 풍월의 음성이 들려왔다.

"그러니까 이제 해줘요."

순간적으로 멈칫한 송산이 쓰게 웃으며 물었다.

"듣고 있었느냐?"

"못 들을 수가 없잖아요. 그렇게 큰 소리로 말하는데."

풍월의 대답에 광혼은 혀를 차며 송산을 노려봤다.

"쯧쯧, 그러길래 목소리 좀 낮추라니까."

"뭐가 겁난다고 목소리를 낮춰. 이제 알아도 충분한 나이야. 제 운명인데 감당해야지."

풍월이 물기 뚝뚝 떨어지는 몸으로 송산의 맞은편에 자리를 잡았다.

"맞아요. 어차피 내가 감당해야 하는 문제죠. 그러니까 말해줘요. 대체 어떤 일이 있었던 건데요."

"네 어미에겐 전혀 듣지 못한 게냐?"

송산의 물음에 풍월이 한숨을 내쉬며 말했다.

"아시잖아요. 비슷한 얘기만 나와도 발작을 하신다는 걸. 열 살 이후로 아예 질문 자체를 해본 적이 없어요."

광혼이 송산을 보며 말했다.

"지독하긴 정말 지독해. 그때의 충격이 무의식 상황에서도 돌출하는 것을 보면."

"그만큼 험한 꼴을 당했으니까. 목숨을 건진 것이 기적일 정도로 크게 상했잖아. 게다가 홑몸이 아니었고. 자신은 둘째 치고 아이를 잃을 수도 있다는 당시의 공포가 잠재의식 속에 여전히 남아 있는 거겠지."

풍월은 설명을 재촉하지 않고 묵묵히 기다렸다.

풍월의 태도를 보며 더 이상 미룰 수 없다고 여긴 송산과 광혼이 시선을 마주치며 고개를 끄덕였다.

"그러니까 정확히 십육 년 전이었다. 그래, 그때도 이렇게 비가 왔었던 것으로 기억한다."

광혼이 먼저 입을 열자 곧바로 송산이 이어받았다.

"수십 년 동안 강호를 주유하던 우린 은거를 결심하고 배를 수소문하기 위해 항주로 향했다. 그때 우연찮게 살수들에게 쫓기는 여인과 만나게 되었지. 그게 네 어미다."

풍월이 긴장된 얼굴로 침을 꼴깍 삼켰다.

"미안한 말이나 원래라면 그냥 외면을 했을 것이다. 우리가 은거를 결심한 이유가 단순히 무림이 지겨워서 떠나는 것이 아니었으니까."

"그게……."

"일단 듣기나 하거라."

풍월이 질문을 하려 했으나 광혼이 손을 들어 막았다.

"그러나 외면을 할 수가 없었다. 아무리 은밀히 움직여야 하는 상황이기는 해도 만삭의 산모를 외면할 정도로 우리들이 모진 사람들은 아니다."

광혼이 피식 웃으며 말을 받았다.

"게다가 그 살수들이 보통 놈들이 아니었거든."

"보통이 아니라니요?"

풍월이 광혼을 향해 얼굴을 들이밀자 송산이 그의 귀를 잡아끌며 물었다.

"우선 묻자. 무림에서 활동하고 있는 살수단체가 몇 개나 된다고 했지?"

"그거야 모르죠."

어깨를 으쓱거린 풍월은 송산이 눈을 부라리자 씨익 웃으며 대답했다.

"가만있자, 십육 년 전 상황이라는 것을 가정했을 때 세력이 큰 순서로 나열한다면 매혼루, 사신각, 귀살곡……."

"됐다. 나머지 놈들이야 별 볼 일 없는 놈들이고. 참고로 그 삼대 살수단체를 발아래로 보는 사람이 있다고 했는데?"

"혈우야궙니다."

"맞다. 기억하고 있구나. 아무튼 네 어미를 쫓던 살수 놈들이 삼대 살수단체 중 바로 매혼루에 속한 놈들이었다."

풍월이 지그시 입술을 깨물었다.

"매… 혼루군요."

"그래, 게다가 어지간한 일로는 움직이지 않는, 아니, 천금을 주고서야 겨우 움직일 수 있다는 특급살수까지 동원이 된 상황이었다."

"물론 특급살수 놈은 우리가 손을 써 네 어미를 구한 다음에 도착했다가 바로 뒈졌긴 하다만, 따지고 보면 네 어미가 그때까지 살아 있다는 것이 기적이었어."

광혼이 술을 홀짝이며 설명을 계속했다.

"중요한 것은 여기에 바로 네 어미와 너의 신분을 알 수 있는 단서가 있다는 것이다."

"그게 뭔데요?"

풍월이 채근하듯 물었다.

"세력이 가장 큰 만큼 매혼루의 살수들은 그 단가가 꽤나 비싸다. 특히 방금 말했듯 매혼루의 특급살수는 천금을 줘야 움직일 수 있다. 다시 말해 네 어미를 죽이라고 사주한 자의 재력이 상당하다는 것이겠지. 그건 곧 네 어미의 신분 또한 만만치 않다는 것을 의미한다."

"그게 그렇게 되나요?"

풍월이 이해를 하지 못하겠다는 듯 고개를 갸웃거렸다.

"별 볼 일 없는 사람을 제거하고자 천금을 뿌리는 사람도 있다더냐? 매혼루의 특급살수가 동원된 것을 감안했을 때 틀림없다."

송산이 광혼에게 술잔을 건네고 말을 이어받았다.

"우리 둘은 오랫동안 의견을 나누었다. 그리고 가장 가능성이 있을 것 같은 가정을 도출했다."

풍월은 목이 타는지 물을 벌컥벌컥 들이켰다가 모조리 쏟아냈다. 술이었다.

"쯧쯧쯧."

한심한 눈으로 그를 바라보던 광혼이 혀를 찼다.

"절대적이라 할 수는 없겠으나 그동안의 경험을 비추어 보았을 때 임신한 여인을, 그것도 천금을 뿌려가면서 제거하려는 경우는 보통 두 가지뿐이다."

풍월은 잔뜩 긴장한 얼굴로 숨을 몰아쉬었다.

"첫째는 후계자 싸움. 둘째는 상속, 즉 재산 싸움이 일어날 경우다."

"매혼루의 특급살수가 동원되었다는 것을 감안했을 때 그저 그런 문파의 후계자나 재산 싸움은 결코 아닐 것이다. 최소한 무림에서 방귀 좀 뀌는 곳이겠지."

"그러니까 제가 비운의 후계자, 또는 상속자란 말이네요."

"그럴 가능성이 높다."

"……."

풍월은 잠시 동안 침묵을 지켰다.

"괜찮으냐?"

광혼이 조심히 묻자 풍월이 어깨를 으쓱거리며 말했다.

"뭐, 그다지 기분이 나쁘진 않은데요. 어차피 벌어진 일인데 기왕이면 그럴듯한 이유가 있는 것도 괜찮지요. 게다가 태어나기 전의 일이라 그런지 딱히 화가 나거나 하지도 않고요."

태연스레 말하는 풍월을 보며 송산과 광혼은 어이가 없다는 표정을 지었다. 혹시나 하는 마음에 마음을 졸인 것이 화가 날 지경이다.

애써 화를 삭힌 송산이 말했다.

"어쨌건 네 어미를 통해 정황을 듣는 것이 불가능해진 이상 이제 방법은 하나뿐이다."

"매혼루군요."

"그래, 그놈들에게 네 어미를 제거해 달라고 의뢰한 인간을 추적해 보면 답이 나오겠지."

"한데 벌써 십육 년이나 흘렀잖아요. 놈들이 기억이나 하고 있을까요?"

"시시한 청부야 어느 정도 시간이 흐르면 잊혀질 수도 있겠지만 특급살수가 움직이는 일은 결코 많지 않다. 만일을 대비해서라도 제대로 기록을 해두었을 것이다. 하니 네 출생의 비밀을 알고 싶으면 매혼루를 족치면 될 게다."

풍월이 어이없다는 듯 웃었다.

"말씀을 참 쉽게 하네요. 살수단체 서열 일 위라면서요. 그리고 설사 기록을 해두었다고 하더라도 중요한 문서를 함부로 취급하지도 않을 텐데, 결국 제가 원하는 기록을 찾을라치면 매혼루를 발칵 뒤집는 수준이 아니면 힘들다는 말이잖아요."

"그거야 네놈 선택이고. 그냥 방법은 그것뿐이라 말해주는 것이다."

광혼이 한마디를 덧붙였다.

"네가 우리의 무공만 제대로 익힌다면 불가능한 일만은 아니다."

"흠, 그렇긴 하겠네요."

송산과 광혼의 반박에 풍월이 수긍을 한다는 듯 고개를 끄덕였다.

무림십대고수 중 두 사람의 진전을 이어받은 상황에서 매혼루 하나 어쩌지 못하는 것도 사실 문제라면 문제다.

"매혼루라……."

조용히 중얼거리는 풍월을 보며 광혼과 송산은 서로를 바라보며 가볍게 고개를 끄덕였다.

과거의 일이야 어찌 되었든 그로 인해 풍월이 무공 수련에 조금은 더 집중을 하리라 여긴 것이다.

*　　　　*　　　　*

일주일 내내 지겹게 내리던 비가 거짓말처럼 멈추고 하늘은 구름 한 점 없이 맑게 개었다.

밤샌 간호에 지쳐 쓰러졌던 풍월이 부드럽게 내리쬐는 아침 햇살에 눈을 떴을 때 새벽까지 혼수상태에 빠졌던 엄마는 새 옷으로 갈아입고 흐트러진 머리카락을 단정히 올린 후, 온갖 꽃잎을 말려 만든 분으로 화장을 하고 있었다.

"어, 엄마."

풍월이 반가운 마음으로 부르자 엄마가 천천히 고개를 돌렸다.

병색이 완연했으나 엷은 화장기가 맴도는 얼굴은 과거에 미인이란 소리를 꽤나 들었을 법했다.

"괘, 괜찮은 거야?"

풍월은 하룻밤 사이에 완전히 변한 엄마의 모습에 적응을 하지 못했다.

"그래, 괜찮아. 우리 아들, 엄마랑 잠깐 걸을까?"

엄마가 손을 내밀자 풍월이 얼떨결에 손을 뻗었다.

고운 손이 얼음장처럼 차가웠다.

멍했던 정신이 번쩍 들었다.

생사를 오가는 병세였다.

특별한 변화 없이 하룻밤 사이에 이렇게 극적으로 병이 호전된다는 것은 있을 수 없는 일이다. 아니, 있다. 며칠 전, 큰할아버지로부터 이런 경우가 있을 수 있다고 경고 아닌 경고를 받았다.

'회광반조(回光返照)라고 하셨지.'

말 그대로 죽기 직전 잠깐이나마 온전한 기운을 회복한다는 뜻.

광혼은 풍월이 하늘이 준 그 잠깐의 기회를 결코 놓치지 않았으면 하는 마음에 그런 상황이 오면 절대로 당황하지 말라고 몇 번이나 당부를 했다.

풍월이 엄마의 손을 잡고 모옥을 빠져나오자 송산과 광혼도 이미 밖에서 기다리고 있었다.

풍월의 손을 놓은 엄마는 두 사람에게 더없이 공경한 자세로 절을 올렸다.

송산과 광혼 역시 허리를 숙여 인사를 받았다.

슬픔은 없었다. 절을 올리는 엄마나 절을 받는 그들의 얼굴엔 잔잔한 미소가 지어져 있었다.

엄마가 다시 풍월의 손을 잡아끌었다.

송산과 광혼은 당황한 풍월을 향해 가만히 고개를 끄덕여 주었다.

[시간이 많지는 않을 게다. 잘 보내드려라.]

광혼의 전음이 뒤따랐다.

예측이 사실이 되었을 때 온몸이 저려왔지만 애써 내색하지 않았다.

엄마와 함께할 수 있는 마지막 시간이다.

지금 이 순간이 다시는 오지 않는다.

영원히 기억하고 담아두어야 할 엄마의 모습이다.

입술을 꽉 깨물어 눈물을 참은 풍월이 크게 심호흡을 하며 크게 걸음을 떼었다.

"이쪽으로 와봐. 여기가 내가 무공 수련을 하는 곳이야. 주로 보법을 배우는 곳인데 힘은 들지만……."

풍월은 자신의 땀과 노력이 깃든 장소를 소개하며 바삐 움직였다.

엄마는 그저 미소 띤 얼굴로 고개를 끄덕여 줄 뿐이었다. 비록 정신은 온전하지 않았어도 늘 곁에 있었기에 풍월이 소개하는 장소는 물론이고 그곳이 어떤 곳인지 이미 다 알고 있었다.

풍월은 엄마를 거의 안다시피 하며 섬 곳곳을 돌았다.

"잠깐 쉬었다 갈까?"

섬의 끝에 도착했을 때 엄마가 풍월의 어깨를 두드렸다.

"힘들어? 그래, 그럼."

풍월은 얼른 웃옷을 벗어 바위에 깔고 엄마를 앉혔다.

"아들도 앉아."

엄마가 옆 자리를 톡톡 쳤다.

풍월이 옆에 앉자 엄마가 머리를 기대었다.

이미 엄마보다 머리 하나는 클 정도로 성장한 풍월의 어깨는 듬직했다.

"우리 아들이 언제 이렇게 컸누. 벌써 어른이 다 되었네."

엄마의 손이 구릿빛으로 빛나는 풍월의 팔뚝을 어루만졌다.

따뜻함과 차가움이 섞인 이질적인 느낌에 풍월의 팔뚝에 소름이 돋았다.

"힘들었지?"

수많은 감정이 섞인 질문이었으나 어린 풍월은 그저 무공 수련이 힘들지 않느냐는 것으로 이해했다.

"아니, 조금 힘들긴 해도 재밌어. 실력이 느는 것이 느껴지니까 더 열심히 하고 싶고. 내가 얼마나 빨라지고 강해졌는지 알면 깜짝 놀랄걸."

"그래? 다행이네."

엄마는 한참이나 말이 없다가 다시 입을 열었다.

"아들."

"응?"

"엄마, 아빠가 너무 미안해."

아빠라는 말에 두 주먹에 절로 힘이 들어갔다.

궁금하기도 했다. 어쨌든 천륜이니까.

그래도 질문을 할 수가 없었다.

지금껏 수많은 기회가 있었음에도 부친에 대해서, 자신에 대해서 물을 수가 없었다.

그때마다 무엇이 그렇게 두려운 것인지 온전히 돌아왔던 정신이 순식간에 사라지고 발작을 하는 것을 어릴 때부터 지켜봤다.

지금도 그랬다.

어쩌면 마지막 기회일 수도 있었음에도 질문을 할 수가 없었다. 너무나도 짧은 이 소중한 순간을 걸고 모험을 할 수는 없으니까.

"미안하긴 뭐가 미안해. 지금껏 잘 살아왔는데. 그런 말 하지 마."

풍월이 애써 태연한 척 말했다.

"모든 게 미안해. 우리 아들, 이렇게 좁은 섬에서……. 넓은 세상에서 마음껏 뛰놀고, 배우고, 친구도 사귀고, 사랑도 하면서 그렇게 살아야 하는데. 그렇게 사람답게 살아야 하는데 엄마 때문에……."

엄마가 손을 뻗어 풍월의 볼을 쓰다듬었다.

시리도록 아픈 손길이다.

"지금껏 엄마하고 할아버지들하고 행복하게 잘살았어. 걱정하지 마. 앞으로 넓은 세상 마음껏 휘젓고 다닐 생각이니까. 친구도 사귀고 사랑도 할 생각이고. 그러니까 미안하다는 말은 하지 마."

"그래, 그래. 날개를 활짝 피고 마음껏 훨훨 날으렴."

엄마가 활짝 웃었다.

"아빠도 너무 미워하지 말고. 아빠는 아빠대로 최선을 다했어."

엄마의 목소리가 너무도 처연하다.

"알았어. 미워하지 않을게."

'그런데 엄마, 미워하고 싶어도 난 아빠가 누군지도 몰라요.'

미치도록 묻고 싶지만 피가 나도록 입술을 깨물며 참았다.

"아들."

"응?"

"사랑해."

"흐흐흐! 나도."

"아들."

"응?"

"미… 안해."

"미안해하지 말라니까."

풍월의 목소리가 절로 떨렸다. 엄마의 음성에 힘이 빠진 것을 느낀 것이다.

"아… 들."

"응."

"지금보다 훨씬 행… 복해야 해."

"알았어. 걱정하지 마."

"너무 슬… 퍼하지도 말고."

"……."

"너무 많이 울… 지도 말고."

"……."

"너무 그리… 워하지도 말고."

"……."

"아… 들."

"……."

"사랑해."

그것이 마지막이었다.

귓가를 울렸던 미약한 숨결이 더 이상 느껴지지 않았다.

어깨에 기댔던 엄마의 머리가 스르르 미끄러지려는 찰나 풍월이 손을 뻗어 가만히 볼을 만졌다.

"나… 도. 나도 사랑해, 엄마."

풍월이 힘없이 고개를 떨구고 흐르는 눈물이 뺨을 적셨다.

* * *

풍월이 송산과 광혼의 날카로운 눈초리를 받으며 묵묵히 검을 움직였다.

좌우, 아래위로 움직이는 검은 느린 듯 빠르고, 부드러운 듯 강맹했다.

검과 함께 움직이는 발걸음은 경쾌했고 막힘이 없었다.

아래로 향했던 검이 사선으로 치솟으며 연속으로 여덟 번이나 반복됐던 모든 동작이 끝났다.

풍월은 호흡을 가다듬으며 신중히 검을 거뒀다. 그리곤 조용히 평가를 기다렸다.

"어때 보여?"

송산이 물었다.

"묻긴 뭘 물어. 대답은 이미 나와 있잖아. 저만하면 완벽하다고 해도 과언이 아니지. 단순히 휘두르는 것이 아니라 매화보와의 연계도 훌륭했어. 저 자체만으로도 이미 훌륭한 검법이 되었군."

"그러게. 이제 다음 단계로 넘어가도 되겠다. 그쪽은 어때?"

"마찬가지야. 이제 본격적으로 가르쳐야지."

"풍뢰도법(風雷刀法)?"

"그것뿐이잖아."

"흠, 처음부터 풍뢰도법이면 버겁지 않을까? 단계를 쌓아 올라가는 것이 좋을 것 같은데."

"그것도 생각해 봤는데 솔직히 검법마다 큰 차이가 없는 화산파와는 달리 철산도문의 도법들은 각 무공마다 그 수준 차이가 너무 커. 경험상 자잘한 무공은 오히려 방해밖에 되지 않더군. 조금 어렵더라도 처음부터 풍뢰도법을 익히는 것이 좋을 것 같다."

송산은 부러움과 안타까움이 섞인 광혼의 말에 어깨를 으쓱거렸다.

"그렇다면야."

"참고로 기초를 다질 때까지는 시간을 좀 줘야겠어. 화산파의 검과 병행하기엔 많이 버거울 거야."

"그래야지. 다른 무공도 아니고 천하의 풍뢰도법인데."

"아무튼 다행이야. 생각보다 일찍 슬픔을 이겨냈어. 그래도 조금은 오래 걸릴 줄 알았는데."

풍월을 바라보는 광혼의 눈엔 안쓰러움이 가득했다.

"녀석이 어떤 마음으로 수련에 임했는지 알잖아. 나름 많이 노력했어."

송산의 입에서도 한숨이 흘러나왔다.

화도에서 가장 따듯한 곳에 엄마를 묻은 풍월은 곡기를 끊고 칠 일 낮밤을 멍하니 앉아 무덤을 지켰다.

일상의 생활로 돌아온 풍월은 오직 무공 수련에 열중했다.

평소에도 게으름을 피우거나 한 것은 아니었으나 이전과는 비교도 되지 않을 정도로 엄청난 집중력을 보이며 그야말로 죽기 살기로 수련에 매진했다.

송산과 광혼이 수련의 강도를 조절할 정도였으니 실력이 일취월장하는 것은 당연했다.

송산과 광혼이 저마다 상념에 잠겨 있을 때 검을 내려놓은 풍월이 천천히 걸어왔다.

"어때요? 나름 괜찮은 것 같은데."

풍월이 이마에 송골송골 맺힌 땀방울을 닦으며 물었다.

"훌륭했다. 그만하면 충분해."

송산이 더없이 흡족한 미소를 지으며 고개를 끄덕였다.

낭황한 풍월이 두 눈을 끔벅거렸다.

지금껏 송산에게 이토록 시원스레 칭찬을 받아본 기억이 없었기 때문이다. 문득 불안한 생각이 들었다.

"작은할아버지?"

"왜?"

"어디 아파요?"

"무슨 소리냐?"

"책에 보니까 사람이 평소에 안 하던 행동을 하거나 갑자기 변하면 죽……."

풍월은 차마 말을 잇지 못하고 송산의 눈치를 살폈다.

"이놈이!"

송산의 눈썹이 하늘로 치켜 올라갔다.

"쯧쯧! 그러게 평소 칭찬에 인색하지 말았어야지. 녀석이 오죽했으면 그럴까."

한심해하는 표정으로 혀를 찬 광혼이 풍월의 어깨를 가볍게 두드렸다.

"걱정하지 말거라. 내 보기에 앞으로 삼십 년은 팔팔할 것 같으니까."

"다행이네요."

"그래, 그러니 쓸데없는 생각은 하지 말고 이 할애비와 가자꾸나."

"벌써요? 아직 보법하고 경공 수련을 마치지 않았는데요."

풍월이 송산을 힐끗 돌아보며 물었다.

영자팔검을 수련한 후엔 곧바로 화산파를 대표하는 매화보와 암향표(暗香飄)를 익혔다.

최근에 익히고 있는 암향표는 풍월의 마음을 단번에 사로잡을 정도로 매력적이었는데, 어찌나 열심인지 화도 곳곳에 암향표의 흔적이 남지 않은 곳이 없었다.

흔적 자체가 남지 않아야 제대로 된 암향표를 익혔다고 말을 할 수 있는 것이었지만 어쨌건 광혼과 도법의 기초를 수련하는 것보다는 모든 면에서 재밌고 흥미로운 수련이었다.

풍월의 마음을 눈치챈 광혼이 의미심장한 미소를 지으며 물었다.

"지겨운 게냐?"

"꼭 그런 의도로 말한 건 아닌데요."

풍월이 슬며시 눈치를 보며 말꼬리를 흐렸다.

사실을 사실대로 말할 수가 없었다.

화산파와 철산도문의 무공을 놓고 벌어지는 송산과 광혼의 자존심 싸움은 이미 질리도록 봐왔고 고래 싸움에 등 터진 새우처럼 그 사이에 껴서 고생을 한 것이 한두 번이 아니기 때문이었다.

"아니긴. 하지만 걱정하지 마라. 이제 어느 정도는 준비가 된 듯하니까."

"예?"

풍월은 광혼의 말을 선뜻 이해하지 못했다.

"쯧쯧, 이놈아! 조금 전, 송산의 칭찬이 무엇을 뜻하는 것인지 모르겠느냐?"

"그, 그러니까 그게……."

풍월은 송산과 광혼을 번갈아 바라보다 입을 함지박처럼 벌렸다.

"대략 사 년 정도 걸린 게냐?"

"예."

대답하는 풍월의 목소리가 그 어느 때보다 우렁찼다.

"애썼다. 하지만 자만하지 마라. 이제야 비로소 제대로 된 검법과 도법을 익힐 준비가 된 것에 불과하니까."

"알겠습니다. 걱정하지 마세요."

"그리 좋으냐?"

"흐흐흐! 제 성격 알면서 그러시네요. 늘 새로운 것, 재밌는 것을 추구하는 접니다."

뭐가 그리 좋은지 싱글벙글이다.

그런 풍월의 모습에 짐짓 무게를 잡던 광혼의 입에서 결국 웃음이 터져 나왔다.

"허허허! 새롭고 재밌는 것이라. 그래, 앞으로 배울 무공은 참으로 새로울 것이다. 재밌을지는 두고 볼 일이겠지만. 자, 가

자. 그 새로운 것을 만나러 말이다."

껄껄 웃은 광혼이 몸을 돌려 걷자 들뜬 얼굴로 송산에게 고개를 숙인 풍월이 재빨리 따라붙었다.

"신나는 모양이군. 하긴 나도 그랬으니까. 하지만 이놈아, 그렇게 방심하다간 큰코다칠 게다. 결코 만만한 무공이 아니야. 그 풍뢰도법은."

광혼이 펼치는 풍뢰도법을 떠올리자 가슴 한편이 뜨거워졌다.

"허! 팔순을 바라보는 나이가 되었건만 이놈의 호승심은 정말이지 어쩔 수가 없군."

송산이 어이없는 웃음과 함께 고개를 절레절레 흔들며 몸을 돌렸다.

"지금부터 네가 배울 무공은 철산도문의 독문도법 풍뢰도법이다."

광혼의 음성이 전에 없이 진지했다.

조용히 무릎을 꿇고 앉아 듣는 풍월 역시 무서울 정도로 집중했다.

광혼은 풍월의 태도에 내심 흡족해하며 말을 이었다.

"풍뢰도법은 말 그대로 바람처럼 빠르고 우뢰처럼 강맹함을 특징으로 하며 모두 구초식으로 이루어져 있다."

'구초식?'

생각보다 초식의 변화가 덜하다는 말에 풍월의 굳었던 표정이 살짝 펴졌다.

그걸 놓칠 광혼이 아니다.

"왜? 너무 간단한 것 같으냐?"

"아니요. 절대 아닌데요."

풍월이 정색을 하며 고개를 저었다.

"거짓말을 하려거든 표정만 바꾸는 연습을 하지 말고 눈동자까지 완벽하게 바꿔. 그렇게 흔들려서야 속아주기도 힘들다."

"호호호!"

내심이 들통 난 풍월이 웃음으로 민망함을 때웠다.

"뭐, 네 생각이 아주 틀린 것은 아니다. 조만간 네가 익혀야 할 화산파의 무공과 비교해 봐도 단순하다고 할 수 있으니까. 하나 그럼에도 풍뢰도법이 무림에서 차지하는 위상은 결코 가볍지 않다. 혹자는 무림 삼대도법이라 칭할 정도였으니까."

광혼이 자부심 가득한 표정을 지었다. 그런 광혼을 보며 풍월은 그가 풍뢰도법을 얼마나 아끼고 자랑스러워하는지 알 수 있었다.

"우선 보거라."

손짓으로 풍월을 물린 광혼이 막대기 하나를 치켜들었다.

막대기를 든 순간, 분위기가 확 변했다.

고작 막대기 하나를 든 것에 불과함에도 압도적인 존재감과 위압감을 뿜어내는 광혼의 기운에 풍월은 숨이 턱턱 막혔다.

제대로 시작도 하지 않았는데 이 정도라면 본격적으로 무공을 펼쳤을 때 어떤 광경이 펼쳐질지 상상조차 되지 않았다.

풍월의 눈동자가 은은한 두려움과 기대감으로 가득 찰 때 광혼의 음성이 들려왔다.

"잘 보거라. 풍뢰도법의 첫 번째 초식 광풍제월(光風霽月)이다."

음성이 끝남과 동시에 막대기가 부드럽게 움직이고 산들바람이 광혼과 풍월을 부드럽게 감쌌다.

풍월은 광혼의 전신에서 뿜어져 나오는 기세와는 달리 포근하고 따뜻한 기운을 느끼며 광풍제월이라는 초식이 풍뢰도법과 어울리지 않는다는 생각을 잠시 했다.

그것이 얼마나 큰 착각인지는 이어지는 움직임을 통해 알게 되었다.

산들바람이 점점 거세지더니 주변을 에워쌌던 포근하고 따뜻했던 기운은 온데간데없이 사라졌다.

"광풍에 벽력이 움직인다. 이초, 광풍뢰동(狂風雷動)!"

막대기에서 시작된 폭풍이 팔방에 휘몰아치는 것과 동시에 귓가에 뇌성벽력이 들려왔다.

풍월이 자신도 모르게 귀를 막자 곧바로 호통이 이어졌다.

"정신 차리고 도의 움직임을 살펴. 삼초, 추뢰일섬(追雷一閃)!"

깜짝 놀란 풍월이 손을 내릴 때 막대기가 주변에 몰아친 바람을 감당하지 못하고 힘없이 흩날리던 동백잎을 향해 쇄도했다.

"와!"

풍월의 입에서 탄성이 터져 나왔다.

찰나의 순간, 그의 눈에 보인 것은 수십, 수백의 막대기가 동백잎을 타격하는 장면이었다.

착각이 아니다.

환상도 아니었다.

동백잎을 갈가리 찢어버리는 막대기의 움직임이 눈으로 좇기 힘들 정도로 빠를 뿐이었다.

놀라기엔 아직 일렀다.

"사초, 비도풍뢰(飛刀風雷)!"

흩날리는 동백잎을 모조리 날려 버린 광혼의 손에서 막대기가 사라졌다.

풍월이 막대기를 찾기 위해 눈을 부릅뜰 때 하나의 점으로 화해 사라졌던 막대기가 동백나무 뒤쪽에서 나타났다.

동백나무를 중심으로 우아하게 호선을 그린 막대기가 광혼의 손에 빨려들어 왔다.

"오초, 뇌룡토주(雷龍吐珠)!"

광혼이 크게 발을 내딛으며 빈 공간을 찔렀다.

쾅!

마치 잔뜩 압축된 뭔가가 터져 나가듯 굉음과 함께 막대기가 향하는 곳에 있었던 동백나무가 갈가리 찢겨 나갔다.

"맙소사!"

풍월이 머리를 감싸 쥐었다.

화도에서 자생하는 아름드리 동백나무였다.

장정 두 명이 함께 손을 잡아야 할 정도로 큰 동백나무가 단 한 번의 움직임으로 산산조각이 난 것이다.

어느새 자세를 달리한 광혼이 막대기를 부드럽게 움직이며 소리쳤다.

"육초, 구산팔해(九山八海)."

막대기에서 뿜어져 나온 기운이 광혼과 풍월의 주변을 감쌌다.

막대기의 움직임이 광풍제월을 펼쳤을 때와 비슷하기는 하였으나 기운은 비교할 바가 아니었다.

막대기에서 뿜어져 나온 기운이 겹치고 또 겹쳐지고 있었다. 마치 구중궁궐을 연상케 하는 완벽한 장막이 펼쳐졌다. 초식명이 어째서 구산팔해인지도 단번에 이해가 갔다.

"세상에!"

풍월의 입에서 또 한 번의 감탄사가 터져 나왔다.

풍월이 쩍 벌어진 입을 다물지 못하고 있을 때 광혼이 막대기로 어깨를 툭툭 건드렸다.

"녀석아, 누가 보면 턱 빠진 줄 알겠다. 이제 그만 다물어라."

핀잔 섞인 음성이나 풍월이 어째서 그런 모습을 하고 있는지 모를 리 없는 광혼의 입가에 엷은 미소가 지어졌다. 괜스레 어깨에 힘도 들어갔다.

한참 만에 정신을 차린 풍월이 참았던 숨을 몰아쉬더니 뭔가 이상하다는 듯 고개를 갸웃거리며 말했다.

"그런데 할아버지."

"왜 그러느냐?"

"구초식이라고 하지 않았나요? 제 기억이 맞다면 육초식까지만 보여주신 것 같은데요."

광혼은 질문을 기다렸다는 듯 답했다.

"맞다. 육초식까지 펼쳤고 아직 후삼초가 남았다."

"후… 삼초요?"

"그래, 구명절초이자 풍뢰도법의 정수라고 할 수 있는 것이지."

"그렇군요. 지금 볼 수 있는 거죠?"

광훈은 빨리 후 삼초를 보여달라는 듯 반짝반짝 빛나는 풍월의 눈동자를 보며 크게 웃었다.

"허허허! 알았다, 알았어. 우선 이 할애비도 숨 좀 돌리자꾸나."

잠시 호흡을 가다듬은 광훈은 숨을 꼴딱꼴딱 몰아쉬며 기다리는 풍월의 기대감에 부응하고자 다시금 막대기를 곧추세웠다.

이전과는 비교조차 되지 않는 기운이 사방에 휘몰아쳤다. 한참 떨어진 곳에 서 있는 풍월이 가슴을 부여잡을 정도였다.

바로 그때였다.

"거기까지."

난데없는 음성에 광훈의 기세가 뚝 끊겼다.

휘몰아치던 기운도 신기루처럼 사라졌다.

"쯧쯧, 어쩐지 요란하더라니. 내 이럴 줄 알았다."

송산이 원망 섞인 눈빛을 하는 풍월의 볼때기를 잡아채며 광훈에게 다가왔다.

광훈이 어색한 웃음을 흘리며 자세를 풀었다.

광훈은 송산이 등장했을 때부터 이미 자신이 무슨 실책을 했는지 깨달은 듯했다.

"적당히 해야지. 섬을 박살낼 셈이냐?"

"허허! 어쩌다 보니 그렇게 되었군."

광혼이 적당히 웃음으로 때우려 했으나 어림없었다.

"후 삼초지? 내가 그 위력을 모르는 것도 아니고 모르긴 몰라도 사방 십여 장은 초토화될 텐데, 적당히 자세만 보여주면 충분하잖아. 공력까지 실어서 펼치려고 하다니 대체 무슨 생각을 한 건데?"

송산의 힐난은 날카로웠다.

광혼이 민망한 표정을 지우지 못하며 대답했다.

"우리는 몰라도 이 녀석은 공력 없이 펼치면 후삼초의 위력을 정확히 알지 못하니까. 기왕 보여주는 것이니 제대로 보여주려고 했지."

"지금 그게 말이 된다고 생각하는 거냐?"

광혼을 한심하게 쳐다보던 송산은 참담하게 부러진 동백나무를 가리키며 코웃음을 쳤다.

"흥! 하나론 부족했던 모양이네. 동백나무 군락 자체를 모조리 날려 버릴 생각을 한 걸 보면."

"실수라니까."

광혼의 음성이 살짝 높아졌다.

"조심해야지. 이 녀석 무공 가르친다고 섬을 박살낼 수는 없잖아."

"실.수.라고 말했잖아."

"어쨌거나 적당히 하라고, 적당히."

마지막까지 쏘아붙인 송산은 광혼의 표정이 붉게 상기되는 것을 감지하곤 재빨리 몸을 돌렸다.

붉으락푸르락한 얼굴로 송산의 뒷모습을 보던 광혼이 한숨을 내쉬곤 두 사람의 다툼에 기가 죽어 있는 풍월의 머리를 가볍게 쓰다듬었다.

"마음 쓰지 마라. 이 할애비가 실수한 것이니. 뭐, 작은할아버지가 조금 과한 것도 있지만 말이다."

자신의 실수로 인해 풍월이 피해를 보았다는 생각에 괜스레 미안한 마음이 들었다.

"그러니까요. 무공을 가르치시다 보면 그럴 수도 있는 건데요. 흥! 작은할아버지도 한번 술을 마시면 주체하지 못하고 끝장을 보시잖아요. 이거나 그거나 똑같은 거 아닌가요. 아오! 잔뜩 기대하고 있었는데."

풍월은 실망감을 참지 못하고 뒤통수를 북북 긁었다.

광혼은 풍월의 입에서 쏟아져 나오는 말에 입을 떡 벌렸다. 기가 죽은 것이 아니라 알고 보니 후삼초를 제대로 보지 못해 심통이 난 것이었다.

"큰할아버지."

풍월이 광혼을 불렀다.

"왜 그러느냐?"

광혼의 반문에 송산이 확실히 돌아갔다는 것을 슬쩍 살핀 풍월이 나직이 말했다.

"기왕 이리된 것 그냥 보여주시면 안 될까요? 정히 뭣하시면 적당히 힘 조절하시고."

"……."

광혼은 참을 수 없는 호기심에 눈을 반짝거리는 풍월을 보며 말을 잃었다.

그날, 풍월은 이마에 주먹만 한 혹을 달고 풍뢰포공(風雷捕空), 풍뢰번천(風雷燔天), 풍뢰천멸(風雷天滅)로 이어지는 풍뢰도법 후 삼초의 초식명을 알게 되었다. 물론 단순한 설명으로써 말이다.

* * *

"오너라."

송산이 풍월을 향해 손짓했다.

풍월은 여유롭기만 한 송산을 보며 지그시 입술을 깨물었다.

벌써 삼십여초를 공격했음에도 옷자락 하나 스치지 못했다.

땀을 뻘뻘 흘리는 풍월과 비교해 송산은 호흡조차 거칠어지지 않았다.

최근 들어 난화수(亂花手)와 산화무영수(散花無影手)에 자신감이 붙었던 풍월은 자존심이 상할 대로 상했다. 그렇다고 함부로 달려들 수도 없었다. 몇 번이나 땅을 구르다 보니 송산의 전신에서 흘러나오는 묘한 기운을 비로소 느낄 수가 있었다.

아는 것이 병이다. 알게 되니 오히려 더욱 조심하고 위축될 수밖에 없었다.

풍월이 수세적인 모습을 보이자 송산이 살짝 자세를 바꿨다. 그것이 난화수의 초식 중 하나인 경화수월(鏡花水月)을 시전하기 위함임을 간파한 풍월이 곧바로 몸을 움직였다.

매화보의 빠름이 둘 사이의 간격을 급격하게 좁혔다.

'제법이구나.'

풍월이 경화수월의 사각지대를 제대로 파고듦을 확인한 송산이 입가에 미소를 머금고 왼쪽 발을 뒤쪽으로 슬쩍 빼며 손을 휘둘렀다.

송산의 오른손이 빠르게 짓쳐 오자 풍월의 눈에 고민이 어렸다.

공격을 무시하고 공격을 이어간다면 자신 역시 무사하지는 못하겠으나 나름 큰 성과를 거둘 수 있을 것 같았다.

'그런데 정말 성공할 수 있을까?'

잠깐의 망설임. 그것이 치명타였다.

공격의 날카로움이 순식간에 무뎌지자 송산의 공격은 이전과는 비할 수가 없을 정도로 위협적으로 다가왔다.

풍월이 이미 완숙의 경지에 이른 매화보로 어떻게든 뿌리쳐 보려고 하였으나 송산은 교묘하게 발을 움직여 그의 움직임을 완벽하게 차단했다.

퍽!

경쾌한 격타음과 함께 풍월의 몸이 휘청거렸다. 뒤이어 송산의 음성이 이어졌다.

"무인에게 망설임이란 죽음과도 같은 것."

풍월의 몸에 다시금 타격이 가해지고 한쪽으로 휘청이던 몸이 반대쪽으로 기울어졌다.

"한번 결정을 내렸으면 추호의 망설임도 없어야 한다. 망설이는 순간 이미 공격은 무뎌지고 상대에게 자신의 의도를 들키고 만다. 공격은 이도저도 아니게 되며 당연히 지금과 같은 역습을 당하게 되지."

마지막 일격으로 풍월을 이 장 밖으로 날려 버린 송산이 살짝 굽어졌던 허리를 꼿꼿이 펴며 말했다.

"마지막으로 매화보의 움직임이 여전히 단순하다. 아직도 기본적인 보로에서 크게 벗어나지 못하고 있다. 말하지 않았느냐? 네가 응용하기에 따라서 매화보는 얼마든지 변모할 수 있다고."

비틀거리며 일어서는 풍월의 입가가 거칠게 뒤틀렸다.

나름 필사적으로 응용을 했다고 소리치고 싶었으나 결과적으로 옴짝달싹 못 했기에 결국 변명에 불과했다. 더불어 실전에서 매화보를 응용한다는 것이 얼마나 힘든 것인지 또 한 번 깨달을 수 있는 계기가 되었다.

"오늘은 여기까지. 잠시 쉬면서 다음 수련을 준비해라."

차갑게 일갈한 송산이 몸을 돌렸다.

엄한 음성과는 달리 표정은 한없이 부드러웠다.

제6장

새로운 경지를 개척하다

풍월이 뭉툭한 목도(木刀)의 끝, 그 너머에 서 있는 광혼을 지그시 노려보며 이를 꽉 깨물었다.

이를 깨무는 것만으로도 전신에서 고통이 밀려들었다. 얼마나 많이 두들겨 맞았는지 딱히 어디에서 고통이 시작되는지도 느끼기 힘들었다.

대련이 시작된 지 어느새 반 시진이 흘렀다.

말이 좋아 수련이지 엄밀히 말하자면 수련을 빙자한 일방적인 구타였다.

풍월은 단 한 번도 오초식 이상을 버티지 못했다. 선공을 할 때는 물론이고 수세적으로 물러설 때도 마찬가지였다. 심지어 작심하고 도망을 쳤을 때도 결과는 같았다.

지난 밤, 풍뢰도법 전육식의 성취가 오성을 넘었다는 칭찬을 듣고 한껏 기뻐한 것이 얼마나 부질없는 것인지 뼈저리게 느낄 수 있었다. 어쩌면 지난밤의 칭찬이야말로 오늘의 절망감, 수치심을 대비한 밑밥이었다는 생각까지 들었다.

풍월은 무심한 표정으로 서 있는 광혼을 보며 다시금 전의를 다졌다.

승리 같은 허망한 꿈은 꾸지도 않았다. 오초만 버티겠다는 초라한 소망은 머릿속에 없었다.

단 한 번만이라도 제대로 된 일격을 성공시키고 말겠다는 굳은 다짐과 함께 몸을 움직였다.

그때였다.

"그렇게 맞고도 여전히 정신을 못 차렸구나."

차가운 일갈에 풍월의 움직임이 그대로 굳었다.

"선심후수는 아예 잊어버린 것이냐? 칼이 움직이기 전에 마음이 먼저 움직이라 했다. 한데 지금의 너는 완전히 반대구나. 그저 칼의 움직임에 모든 것을 맞추느라 급급해. 어깨는 긴장으로 인해 뻣뻣하게 굳었고 발걸음은 흐트러질 대로 흐트러졌다. 할애비가 섬환보를 그리 가르쳤더냐?"

광혼의 호통에 풍월은 아차 싶었다.

전신에서 밀려드는 고통, 아니, 고통보다는 고작 오초도 버티지 못하고 쓰러지는 자신에게 화가 나서 모든 것이 엉망이 돼버렸다.

마음은 급했고 긴장감은 극에 달했다. 그로 인해 광혼이 누누이 강조했던 선심후수는 물론이고 온몸에 상처를 입어가면서도 하루도 빠짐없이 익힌 섬환보의 보로 또한 완전히 엉켜버린 것이다.

"죄송합니다."

고개를 숙여 사죄한 풍월이 차분히 호흡을 하며 평상심을 회복하기 위해 애썼다.

몇 번의 호흡이 끝났을 때 조급함으로 가득했던 얼굴이 조금은 편해진 것 같았다. 그제야 엄했던 광혼의 낯빛이 살짝 풀렸다.

풍월이 목도를 곧추세웠다.

움직이겠다는 의지에 전신이 반응했다.

목도를 잡은 손에 절로 힘이 들어갔고 허리는 용권풍처럼 맹렬히 회전했으며 지면을 박차는 발끝은 벼락 같았다.

크게 반원을 그린 목도가 광혼의 옆구리를 노렸다.

광혼은 피하지 않고 막대기를 역으로 쳐올렸다.

정면을 부딪칠 시 자신이 불리할 것이라 판난한 풍월이 손목을 꺾자 수평으로 움직이던 목도가 은은한 우렛소리와 함께 급격히 변화를 일으켰다.

풍뢰도법 두 번째 초식 광풍뇌동이다.

광혼의 눈가에 이채가 흘렀다. 지난밤, 오성 정도였던 광풍뇌동의 성취가 어느새 한 단계 뛰어올랐기 때문이다.

'좋구나. 실수를 반성하며 곧바로 깨달음을 얻다니.'

풍월의 영특함에 웃음이 절로 나왔다. 그렇지만 지금은 칭찬이 아니라 사랑의 매가 필요할 때였다.

그저 두어 번 발을 놀려 풍월의 공격을 흘려 버린 광혼이 막대기를 뻗었다.

막대기가 자신의 팔을 노리자 깜짝 놀란 풍월이 황급히 손을 뺐다. 하지만 이내 전력을 다해 목도를 내질렀다.

섬전보다 빠르다는 풍뢰도법의 삼초, 추뢰일섬이었다.

한 번의 내지름에 다섯 개의 목도가 광혼의 얼굴을 노리며 짓쳐들었다.

광혼은 물러서지 않았다. 오히려 한 걸음씩 전진을 하며 목도를 모조리 피해냈다.

놀란 풍월이 입술을 꽉 깨물고 공격을 이어가려는 순간, 어느새 다가온 막대기가 몸의 무게중심이 쏠려 있는 왼발을 때렸다.

큰 고통이 느껴진 것은 아니나 때마침 이동을 하려던 찰나였기에 몸이 크게 휘청거렸다.

그 틈을 놓치지 않은 막대기가 왼쪽 옆구리를 살짝 치고 지나갔다.

완벽하게 허점을 드러냈음에도 별다른 충격이 없자 풍월은 광혼이 사정을 봐준 것이라는 것을 의식하며 필사적으로 목도를 휘둘렀다.

풍뢰도법의 오초식 뇌룡토주가 펼쳐졌다.

자세가 무너진 상황에서 뇌룡토주는 평소의 위력에 절반도 미치지 못했다.

"제법."

막대기를 빙글 돌려 뇌룡토주를 막아낸 광혼의 입가에 미소가 지어졌다.

불리한 자세에서 나름 훌륭한 반격을 한 것에 대한 칭찬이었으나 이를 지켜보는 풍월의 눈엔 염라대왕의 웃음보다 더욱 공포스럽게 느껴졌다.

풍월은 전력을 다해 손에 든 목도를 던졌다.

어떻게든지 광혼의 손에서 벗어나기 위한 고육지책.

오랫동안 풍뢰도법에 매진한 몸의 본능은 풍뢰도법 사초, 비도풍뢰를 멋지게 펼쳐 냈다. 그것도 한동안 머물러 있던 오성을 훌쩍 뛰어넘어 육성도 아닌 무려 칠성의 경지로.

"허!"

광혼의 입에서 탄성이 터져 나왔다.

빛살처럼 날아든 목도가 그의 어깨를 살짝 스치고 지나갔다. 그 위력이 얼마나 강력했는지 스친 옷자락이 찢겨 나가는 것으로도 부족해 어깨 전체에서 은은한 통증이 느껴졌다.

광혼은 배후에서 급격히 휘어져 돌아오는 목도를 후려쳐 방향을 바꾼 후 풍월을 향해 돌진했다.

목도를 회수하지 못한 풍월은 빈손이었다. 그렇다고 무방비로 서 있지는 않았다.

양손을 교차하며 자세를 굽히는 것을 보곤 광혼은 풍월이 뇌격권(雷擊拳)을 준비 중이라는 것을 알아차렸다.

광혼이 달려가던 속도에 더해 막대기를 뻗었다.

묵직한 기운을 담은 풍월의 주먹이 막대기를 향해 쇄도했다.

막대기와 주먹이 정면으로 충돌하려는 순간, 광혼이 막대기를 놓았다. 힘을 잃은 막대기가 힘없이 떨어지고 목표를 잃은 주먹이 허공을 갈랐다.

주먹을 회수했을 때, 풍월은 자신의 옆구리를 파고드는 권격을 볼 수 있었다. 자신이 사용한 것과 똑같은 뇌격권이다.

왼손으로 권을 막고 오른발을 축으로 회전하여 공격에서 벗어나려 했으나 축이 되는 오른발은 이미 광혼의 왼발에 의해 봉쇄를 당한 상태였다.

축이 되는 발이 봉쇄를 당하자 광혼의 권격을 막기 위해 이동하던 주먹에 힘이 실릴 수가 없었다. 정면으로 부딪친 것도 아니고 단순히 스치는 것만으로도 힘없이 튕겨져 나갔다.

"크윽!"

풍월의 입에서 나직한 신음이 흘러나왔다.

옆구리에서 묵직한 통증이 전해졌다.

뇌격권이 지닌 위력을 감안했을 때 대련이 아니라 실전이었다면 갈비뼈가 모조리 분쇄되고 오장육부가 터져 나갔을 터였다.

"어떠냐? 더 하겠느냐?"

광혼이 봉쇄했던 다리를 풀어주며 물었다.

"아직 견딜 만합니다."

풍월이 은근한 통증이 이어지는 옆구리를 쓰다듬으며 말했다.

조용히 나타나 두 사람의 대련을 지켜보던 송산이 고개를 흔들었다.

"아니, 대련은 이쯤에서 멈추는 것이 좋겠다. 몸을 너무 혹사하면 오히려 좋지 않아."

"작은할아버지 말이 맞다. 오늘은 그만하자꾸나. 아직 부족한 것이 많지만 그래도 많이 발전했다. 특히 비도풍뢰는 이 할애비도 깜짝 놀랄 정도였으니 자부심을 가져도 좋다."

광혼이 칭찬과 함께 풍월의 어깨를 두드렸다.

"우린 먼저 들어갈 테니 너는 이번 대련에서 얻은 것과 부족했던 것이 무엇인지 잠시 정리를 하고 오도록 해라."

그 말을 끝으로 송산과 광혼이 만족한 미소와 함께 몸을 돌렸다.

풍월이 바닥에 털썩 주저앉았다.

견딜 만하다고 허세를 부리긴 했어도 사실 지금껏 서 있는 것조차 곤욕이었다.

앉아 있는 것도 힘이 드는지 아예 대자로 누워버린 풍월은 거친 숨을 몰아쉬며 방금 전의 대련을 하나하나 복기하기 시작했다.

*　　　*　　　*

파스스슷!

검이 움직일 때마다 날카로운 파공성이 허공을 갈랐다.

'현천만류검(玄天萬流劍)은 말 그대로 거대한 강물과 같다. 그 흐름이 빠르지 않고 부드러우면서도 감히 범접할 수 없는 힘을 느끼게 한다. 결코 끊이지 않고 이어지는 힘은 대륙을 가로지는 강줄기의 도도함과 닮았지. 그에 반해 이십사수매화검법(二十四手梅花劍法)은 빠르고 날카로우며 더없이 현묘하다. 각 초식의 변화 또한 무궁무진하다.'

풍월은 송산의 말을 떠올리며 열심히 검을 휘둘렀다.

십성을 넘어선 매화보로 인해 현천만류검을 펼칠 때, 풍월의 발걸음은 물 흐르듯 부드럽게 이어졌고 매화검법을 펼칠 때는 가히 섬전과도 같은 빠르고 변화무쌍한 움직임으로 매화검법의 위력을 극대화시켰다.

놀라운 것은 풍월이 검을 쥔 손이 바로 왼손이라는 것이다. 아마도 화산파 제자 중 누군가가 풍월의 모습을 보았다면 기절할 만큼 놀랄 터였다.

좌수검으로 펼치는 매화검법은 통상적으로 알려진 매화검법과는 그 궤를 완전히 달리했는데 풍월의 매화검법을 보고 있노라면 괴이함을 넘어 어찌 보면 사이하기까지 했다.

한참이나 쉬지 않고 현천만류검과 매화검법을 펼치던 풍월이 잠시 움직임을 멈추고 호흡을 가다듬었다. 그리고 이번엔 칼을 집어 들었다. 곳곳에 날이 빠지고 녹이 슬어 있는 칼이었으나 풍뢰도법을 펼치기엔 전혀 무리가 없었다.

풍월은 광풍제월로부터 구산팔해로 이어지는 풍뢰도법의 전육식을 폭풍이 몰아치듯 펼쳐 냈다.

각각 독립되었던 초식들이 시간이 갈수록 연계가 중첩되더니 마치 하나의 초식처럼 막강한 위용을 드러냈다. 특히 극강의 수비초식이라 할 수 있는 육초, 구산팔해를 펼칠 때는 그것이 과연 수비를 위한 초식인지 아니면 적의 숨통을 끊기 위한 절초인지 구별이 되지 않을 정도로 온 공간을 완벽하게 장악했다.

"허! 녀석의 실력이 언제 저렇게 는 거야? 저 정도 위력이라면 적어도 십성에 이른 것 같은데."

송산은 바람처럼 움직이며 맹렬히 칼을 휘두르는 풍월을 보며 감탄을 금치 못했다.

광혼이 흐뭇한 미소를 지으며 고개를 끄덕였다.

"맞아. 근래 들어 실력이 부쩍 늘었어. 조금 전에 보니 매화검법도 그런 것 같던데."

"그래도 이 정도까지는 아니야. 부족해."

송산이 비도풍뢰를 펼친 뒤 크게 호선을 그리며 돌아오는 칼을 번개처럼 낚아채는 풍월의 모습에 시선을 고정시킨 채 말했다.

표정이나 음성이 다소 굳어 있는 것이 매화검법의 성취가 풍뢰도법의 성취보다 낮다는 것에 불만이 있는 것 같았다.

"쯧쯧, 전육식이야. 아직 후삼식은 걸음마도 떼지 못했다는 것을 알아야지. 녀석의 자하신공이 벌써 칠성에 이르렀다는 것을 알고 있는데 무슨 욕심이 그리 많아?"

광혼이 자하신공을 언급하자 송산은 언제 투덜댔냐는 듯 입가에 미소를 띠었다.

태현심공으로 기초를 닦고 자신의 도움이 있다고는 해도

자하신공을 본격적으로 수련한 지 고작 사 년 만에 칠성에 이르렀다는 것은 그야말로 기겁할 만한 일이었다.

화산파에서도 백 년 내에 그 정도로 빠른 성취를 보인 제자를 찾기가 불가능했다. 아니, 화산파 역사를 통틀어서도 드문 일이라 확신할 수 있었다.

그사이 풍월의 손에는 잠시 내려놓았던 검이 들려졌다.

좌검우도(左劍右刀).

무림사에 쌍검을 든 무인들은 제법 많았다.

쌍도는 드물기는 했어도 찾아보기 힘들 정도는 아니었다. 물론 좌검우도, 혹은 좌도우검을 든 이들도 드물지만 없지는 않았다.

쌍검이나 쌍도는 두 개의 검, 도에 최적화된 무공이 존재했다. 좌검우도나 좌도우검은 변칙적인 면을 강조해서 그렇지 따지고 보면 쌍검이나 쌍도를 위한 무공에서 크게 벗어나지 못했다.

하지만 지금, 왼손으론 화산파를 대표하는 이십사수매화검법을, 오른손으론 철산도문의 풍뢰도법을 펼치는 풍월은 그들 모두와 아예 차원이 달랐다.

완전히 성질이 다른 두 개의 무기와 무공의 조합.

그것만으로도 믿기 힘든 일이지만 더욱 경악할 사실은 각기 무공의 바탕이 되는 내공심법이 전혀 다르다는 것이었다.

매화검법이 펼쳐질 때마다 은은히 퍼지는 자색 기운은 틀림없이 자하신공의 특징이었고, 풍뢰도법의 기저에 깔린 묵직한 기운은 묵천심공이었다.

한 몸에 존재하는 것도 불가능한 일이었건만 풍월은 그것으로도 부족해 무려 동시에 운용하며 무공을 펼치고 있었다.

"아무도 믿지 못하겠지?"

송산이 어깨로 광혼을 툭 치며 물었다.

"아무렴. 사기꾼에 미친놈 취급할걸."

"뒤에도 없었고 앞으로도 없을 광경이다."

"맞아. 녀석이 아니면 절대로 불가능하지."

광혼의 고개가 절로 끄덕여졌다.

"흐흐흐! 따지고 보면 이 모든 것이 나의 냉철한 판단력이 있기에 가능한 것이었지."

"……."

"그 눈은 뭐냐? 기억 안 나는 모양인데 내가 우리의 무공을 동시에 가르치자고 했을 때 누군가는 절대 반대를 외쳤다."

"지금 생각해도 미친 짓이었어."

광혼이 고개를 저었다.

"성공했잖아. 그 결과를 눈앞에서 보고 있고."

송산이 거들먹거리며 풍월을 가리켰다. 광혼은 여전히 자신의 생각을 굽히지 않았다.

"아니. 결과야 어떻든 당시로선 어떻게든지 말렸어야 했어. 녀석이 제아무리 분심공을 익히고 있다고 해도 불가능에 가까운 일이었으니까."

"그래도 성.공.했다고."

송산이 성공이란 단어를 힘주어 말했다.

"뭐, 그 또한 사실이지. 아직 불안하긴 해도 이제는 나 역시 실패에 대한 걱정은 없다. 녀석이라면 이 모든 문제를 극복하고 능히 새롭게 무림의 역사를 쓸 것이라고 믿고 있어. 그런 의미에서 이제 우리가 해야 할 일은 하나뿐이야."

광혼의 말에 송산이 반색을 했다.

"드디어 결정을 내렸군."

"그래, 언제까지 망설일 수는 없으니까."

"당연하지. 임독양맥을 타동하지 않으면 상승의 무공을 제대로 펼칠 수 없어. 본문의 무공도 그렇지만 특히 풍뢰도법의 후삼식은 아예 펼치지도 못할걸."

"맞아. 실로 만만치 않은 내공이 필요하지."

광혼은 때마침 화류정정(花流晶靜)이란 초식과 더불어 비도 풍뢰를 펼치는 풍월을 바라보며 무겁게 고개를 끄덕였다.

"그럼 언제 할까?"

사안의 중내성 때문인지 웃음을 지운 송산이 신중한 표정으로 물었다.

잠시 뜸을 들인 광혼이 조용히 대답했다.

"오늘."

방 안의 분위기는 더없이 무거웠다.

세 사람은 별다른 말 없이 한참이나 침묵을 지켰다.

"준비해라."

송산이 침묵을 깼다.

흠칫한 풍월, 여전히 마음이 내키진 않았으나 이미 결정된 이상 따라야 했다.

풍월이 가부좌를 틀고 앉자 등 뒤에서 광혼의 착 가라앉은 음성이 들려왔다.

"눈을 감고 마음을 편히 하거라."

풍월은 토를 달지 않고 광혼이 시키는 대로 눈을 감았다.

"무엇보다 힘의 균형을 잘 잡아야 한다. 자칫하여 한쪽으로 힘이 쏠리면 모든 것이 수포로 돌아갈 수 있다."

풍월의 정면에 마주 앉은 송산이 딱딱히 굳은 표정으로 말했다.

"예."

풍월이 눈을 감은 채 조용히 답했다.

"그럼 시작하여라."

송산의 말이 끝나고 잠시 후, 풍월은 두 가지 내공심법을 동시에 운기하기 시작했다.

상식적으로 말이 되지 않는 행동이다.

상반된 내공심법을 동시에 운용한다는 것은 가능하지도 않거니와 설사 가능하다고 해도 이는 자살행위나 마찬가지였다.

다만 천하의 모든 이들에게 통용되는 상식도 풍월에게만은 예외다. 분심공을 이용해 이미 어릴 적부터 서로 다른 내공심법을 동시에 운기해 온 풍월에게는 지금의 행동이 일상이나 마찬가지였다.

현재 풍월이 운기하는 두 가지 내공심법은 태현심공과 철마진결이다.

자하신공이나 묵천심공이 비록 무림에서 손꼽히는 내공심법이나 아직 그 성취가 완전하지 않았기에 어릴 적부터 익혀와 가장 익숙하고 안정적인 태현심공과 철마진결을 이용해 임독양맥이라는 거대한 산을 넘으려는 것이었다.

단전에서 거의 동시에 일어난 두 기운이 평소와 같이 자신의 길을 찾아 움직였다.

태현심공으로 인해 일어난 기운은 임맥을 따라 이동을 시작했고 철마진결의 기운은 독맥을 따라 이동했다.

'시작이 좋아. 역시 태현심공과 철마진결을 선택한 결정이 옳았다.'

송산과 광혼은 서로의 눈을 바라보며 고개를 끄덕였다.

자하신공과 묵천심공이 때때로 문제를 일으키는 것과는 달리 태현심공과 철마진결은 운용했을 땐 완전히 상반된 기운이 단전에서 어울렸음에도 조금의 불협화음도 없었다. 오랜 세월 동안 그만큼 익숙하고 숙련되었음을 의미하는 것이다.

임맥을 따라 이동하던 태현심공의 기운이 종점인 승장에 이르렀을 때 독맥을 따라 이동하던 철마진결의 기운 또한 독맥의 종점인 은교에 접근했다.

바로 그때, 송산과 광혼의 엄청난 힘이 임맥과 독맥을 향해 밀려들었다.

풍월의 몸이 부르르 떨렸다.

[정신 차려랏!]

풍월의 변화를 감지한 송산의 전음이 날아들었다.

황급히 정신을 수습한 풍월이 다시금 운기에 집중했다.

송산과 광혼이 투영한 두 기운이 이내 풍월의 기운과 합류를 했다. 뿌리가 같은 기운이었기에 처음부터 하나인 듯 섞이는 데 전혀 무리가 없었다.

그렇게 하나가 된 기운이 말 그대로 폭풍 같은 기세로 임독양맥의 끝을 향해 짓쳐들었다.

꽝!

거대한 충격이 뇌리를 울렸다. 무의식중임에도 엄청난 고통이 느껴졌다.

강력한 저항에 막혀 한 발 물러났던 두 기운이 다시금 맹렬하게 질주했다.

꽝!

또 한 번의 거대한 충격이 머리를 뒤흔들었지만 벽은 견고하기만 했다.

하지만 포기는 없었다. 반드시 벽을 부수고야 말겠다는 듯 임맥과 독맥에서 몰아치는 힘은 몇 번이고 충돌을 계속했다.

꽝! 꽝! 꽝!

충돌이 있을 때마다 풍월은 죽음과도 같은 고통을 느껴야만 했다. 하나의 힘도 감당하기 힘든 상황에서 성질이 전혀 다른 두 가지의 힘을 제어해야 했기에 그가 받는 고통은 뭐라 말로 표현하기가 힘들 정도였다.

시간이 갈수록 굳건한 의지는 약해지고 모든 것을 포기하면 고통에서 벗어날 수도 있다는 강렬한 유혹이 풍월을 괴롭혔다. 그때마다 송산과 광혼은 호통으로, 때로는 사랑과 격려로 그의 정신을 다잡으며 마지막까지 도전을 멈추지 않았다.

그렇게 몇 번을 더 도전을 했을까?

금성철벽과도 같았던 벽에 조그만 틈이 생기고 틈은 점점 더 커져 태산처럼 버텼던 벽은 마침내 힘없이 무너져 내렸다.

벽을 뚫어낸 두 기운은 거침없이 질주하여 서로를 마주하게 됐다.

그 순간, 예기치 못한 일이 벌어졌다.

지금껏 큰 무리 없이 서로의 길을 인정하며 자신만의 길을 개척했던 두 기운이 정면으로 부딪친 것이다.

쾅!

풍월의 몸이 크게 들썩였다. 그의 몸에 힘을 불어넣고 있던 송산과 광혼이 자신도 모르게 손을 떼고 튕겨져 나갈 정도의 엄청난 충격이었다.

"이, 이게……."

당황한 송산이 황급히 풍월의 상황을 살폈다.

"맙소사!"

송산의 눈이 경악으로 물들었다.

임독양맥을 타동시킨 두 기운이 방금 전의 충돌로 인해 정신을 잃은 풍월의 통제를 벗어나 미친 듯이 질주하고 있었기 때문이다.

그냥 놔두었다간 어떤 상황이 벌어질지 뻔했다.

풍월의 몸에 다시금 손을 댄 송산은 미친 듯이 날뛰는 기운을 제어하기 위해 필사적으로 내력을 쏟아부었다. 재빨리 뒤로 돌아가 앉은 광혼이 송산을 도왔다. 하지만 임독양맥을 뚫기 위해 그들이 소모한 내력은 결코 적지 않았다. 게다가 그 과정에서 격체전공(隔體傳功)을 시전하여 풍월에게 자신들의 내력을 어느 정도 전해준 터라 힘을 제어할 여력이 부족했다.

[이놈아! 정신 차려라! 힘을 제어하지 못하면 주화입마에 빠진단 말이다.]

[지금 네 몸에서 날뛰는 힘을 제어할 수 있는 사람은 너뿐이다. 어서 정신을 차려!]

송산과 광혼이 풍월을 깨우기 위해 다급히 전음을 날렸다.

그들은 풍월이 정신을 차리도록 노력하는 한편, 풍월의 전신을 휘저으며 마음껏 날뛰는 두 기운이 다시금 부딪치는 일만은 막기 위해 전력을 다했다.

만약 풍월이 정신을 차리지 못하는 상황에서 또 한 번 충돌을 한다면 모든 것이 끝이었다. 목숨이 끊어지는 것은 물론이거니와 설사 기적적으로 목숨을 건진다고 해도 폐인이 되는 것은 기정사실이었다.

그렇게 이각여의 시간이 흘렀다.

풍월의 몸에서 폭주하고 있는 기운은 여전히 미쳐 날뛰었고, 송산과 광혼은 이제는 한계가 왔다는 것을 느끼고 있었다.

'이놈아, 제발! 더 이상 버티기가 힘들단 말이다.'

송산이 간절한 눈빛으로 고개를 떨구고 있는 풍월을 바라보았으나 풍월은 여전히 정신을 차리지 못했다.

그렇게 다시 얼마의 시간이 흘렀을까.

목숨을 걸고 버티던 송산과 광혼마저 모든 것을 포기하려던 찰나, 송산과 광혼의 간절한 바람 때문인지 아니면 아직 죽을 운명이 아니기 때문인지는 알 수 없었으나 정신을 잃은 채 지금껏 미동조차 하지 못했던 풍월이 기적적으로 의식을 되찾았다.

간신히 정신을 차린 풍월은 자신이 처한 상황을 금방 이해할 수 있었다.

풍월이 정신을 차린 것을 알아챈 송산과 광혼이 격정에 찬 전음을 날려왔다.

[이놈아! 뭣하느냐? 당장 운기행공을 시작하여라. 기운을 제어하지 못하면 죽는다.]

[정신을 바로 해야 한다. 다시 정신을 잃으면 돌이킬 방법이 없어.]

풍월은 금방이라도 탈진하여 쓰러질 것 같은 송산과 광혼의 표정을 보며 즉시 운기행공을 시작했다.

그의 내부에선 지금 두 가지 서로 다른 기운이 주도권을 잡기 위해 격렬하게 움직이고 있었다.

지금까지는 송산과 광혼의 노력으로 정면충돌을 하는 극단의 상황까지는 이르지 않았으나 송산과 광혼이 물러난 지금 두 기운을 제어하는 것은 오로지 풍월의 의지에 달렸다.

한번 고삐가 풀린, 게다가 원래 가지고 있던 힘에 송산과 광혼의 내력이 더해지고 임독양맥까지 타동하며 완전히 새롭게 태어난 두 기운은 풍월의 의지를 완강히 거부했고 그만큼 고통은 커져 갔다.

풍월은 지금껏 겪어보지 못한 끔찍한 고통에 금방이라도 정신을 잃을 것 같은 아득함을 느꼈으나 그럴수록 태현심공과 철마진결의 구결을 되뇌며 운기행공에 혼신의 힘을 다했다.

송산과 광혼은 더없이 초조한 낯빛으로 시시각각으로 변하는 풍월의 얼굴을 바라보았다. 그들은 풍월의 내부에서 어떤 일이 벌어지고 있는지 너무도 잘 알고 있었다.

상충되는 두 기운을 제어하는 것은 불가능에 가까울 정도로 힘들고 고통스럽다. 극단적으로 말해 풍월은 지금 생사의 기로에 선 상황이었다.

'이놈아, 절대로 지면 안 된다.'

'조금만 더 힘을 내거라. 넌 할 수 있다.'

송산과 광혼은 자신들이 도움을 주지 못하고 그저 지켜봐야만 하는 상황이 너무도 안타까웠다.

그들의 간절한 마음이 하늘에 닿은 것인지 풍월은 전신을 길가리 찢어발기는 듯한 고통이 언제부터인지 조금씩 감소하는 것을 느끼기 시작했다.

마침내 빛이 보인다는 생각에 운기행공에 더욱더 매진을 했다. 시간이 갈수록 고통은 줄어들고 제멋대로 미쳐 날뛰던 기운도 서서히 안정을 되찾았다.

지옥과도 같았던 고통의 시간이 흐르고 풍월은 마침내 완전히 새롭게 태어난 자신을 만날 수 있었다.

머리는 명경지수처럼 맑아지고 몸은 깃털처럼 가벼웠다.

새로운 힘과 활력이 솟구쳤다.

그토록 애를 먹였던 태현심공과 철마진결의 기운은 완벽하게 제어가 되어 더 이상의 충돌 없이 함께 공존하며 힘차게 임독양맥에 흘렀다.

무공을 익혀온 이래 처음 느껴보는 묘한 감정과 기운이 전신에 충만함을 느낀 풍월은 자신도 모르는 사이 단전에 머물고 있던 두 기운을 전신의 십이경맥(十二硬脈)과 기경팔맥(奇經八脈)으로 흘려보냈다.

상반된 두 기운은 앞서거니 뒤서거니 하며 거침없이 흘러 사지백해에 퍼져 있는 세맥(細脈)까지 그 기운을 확대했다.

태현심공과 철마진결의 기운이 지나간 세맥들은 세맥이란 이름이 무색할 정도도 엄청나게 확장하기 시작했다. 더욱 강하고 많은 기운이 이동할 수 있는 통로로 완벽하게 재구성된 것이다.

바로 그때, 무아지경에 빠져 운기행공을 하던 풍월의 몸에서 새로운 변화가 일어났다.

호흡을 할 때마다 그의 전신에서 묘한 아지랑이 같은 것이 피어나더니 정수리 근처에서 묘한 형상을 띠기 시작했다.

이름하여 삼화취정(三華聚頂).

그것을 본 송산과 광혼은 벅차는 마음을 주체하지 못해 어쩔 줄을 몰라 했다.

송산은 연신 도호를 되뇌고 광혼은 하늘을 향해 두 주먹을 불끈 쥐었다.

풍월이 크게 숨을 들이키자 정수리 위에 떠 있던 삼색 기운이 콧속으로 빨려 들어가며 자취를 감췄다.

잠시 후, 천천히 눈을 뜬 풍월의 입가에 부드러운 미소가 지어졌다.

풍월이 정신을 차리기만 기다리고 있던 송산과 광혼이 제각각의 표정을 지으며 다가왔다.

"이놈아! 정신만 똑바로 차리고 있었으면 이 고생을 하지는 않았을 것 아니냐. 한심한!"

송산이 짐짓 노한 표정을 지으며 풍월의 머리카락을 마구 흩트렸다.

"애썼다."

광혼이 풍월의 어깨를 가만히 짚으며 말했다.

풍월은 대답 없이 두 사람을 바라보았다.

반백이었던 머리카락은 완전히 하얗게 변해 버렸고 팔순을 바라보는 나이임에도 나름 팽팽함을 유지했던 피부 또한 제 나이를 찾은 듯했다.

두 사람이 자신을 위해 어떤 희생을 치렀고 마음고생을 했는지 굳이 말을 하지 않아도 알 수 있었다.

눈물이 핑 돌았다.

금방이라도 떨어질 것 같은 눈물을 감추기 위해 벌떡 일어났다. 그리곤 의아한 눈으로 바라보는 두 사람을 향해 큰절을 올렸다.

"허! 고생을 좀 하더니 철이 든 것이냐? 평소에 안 하던 짓을……."

툴툴거리던 송산이 말을 잇지 못하고 슬며시 고개를 돌렸다.

노안에 맺힌 것은 틀림없이 눈물이다.

애당초 풍월이 두 가지 상반된 무공을 익히게 된 단초를 제공한 사람이 바로 그였기에 풍월이 생사를 넘나들고 있을 때 누구보다 마음고생을 하지 않았던가.

눈물의 의미를 모를 리 없는 광혼이 송산의 옆구리를 툭 쳤다.

"제대로 받아. 자넨 자격이 있어."

"그렇… 지?"

"그렇다니까."

"아무렴! 자격이 있고말고. 누구 때문에 이런 결실을 맺었는데. 자, 다시 해보거라."

송산이 민망함에 괜스레 목소리를 높였다.

"끝났는데요."

풍월이 시큰둥하게 대답했다. 방금 전의 공손함은 온데간데없었다.

"뭐라?"

송산이 눈썹을 치켜뜨자 풍월이 얼른 물러나며 말했다.

"그러게 한번 할 때 제대로 받으셔야죠. 아무튼 고생을 해서 그런가 허기지네요. 저만 그런 것 같지는 않으니 간단히 요기라도 차려오겠습니다."

두 사람의 대답을 기다리지도 않고 방을 나선 풍월의 등 뒤로 발끈하는 송산과 그를 달래는 광혼의 음성이 들려왔다.

'정말 감사합니다.'

풍월의 입가에 그 어느 때보다 환한 미소가 지어졌다.

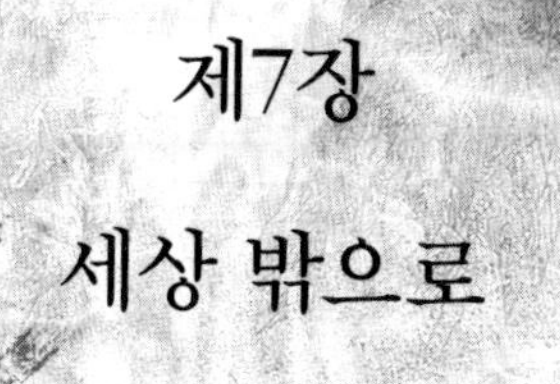

제7장

세상 밖으로

"그만하면 되었다. 오늘은 그쯤 해두거라."

늦가을의 정취가 물씬 풍기는 화도의 오후, 여느 때와 마찬가지로 무공 수련에 여념이 없던 풍월이 송산의 외침에 움직임을 멈췄다.

웃옷이 흠뻑 젖을 정도로 격렬하게 움직였음에도 호흡은 상당히 안정되어 있었다.

"바람이 찬데 언제 나오셨데요?"

풍월이 눈살을 찌푸리며 물었다. 겉으론 신경질을 내는 것처럼 보이나 염려가 가득 담긴 음성이다.

"조금 전에 나왔다. 제법이다. 많이 좋아졌어."

"좋아지긴요. 아직 엉망입니다. 느리게 움직일 때는 큰 무리가 없는데 속도를 올리면 발이 자꾸 꼬여요. 생각보다 많이 어렵네요."

"쯧쯧, 당연한 것이다. 새로운 무공을 만든다는 것이 그리 쉬울 줄 알았느냐?"

혀를 차며 몸을 일으키던 송산이 몸을 가누지 못하고 휘청거리자 풍월이 재빨리 달려가 부축했다.

"아, 좀! 제발 조심 좀 하세요."

"놔라, 이놈아! 나 아직 안 죽었다."

송산이 짐짓 언성을 높이며 손을 뿌리치는 듯했으나 풍월의 완력을 감당하진 못했다.

"어제 마당에서 넘어졌을 때도 똑같은 소릴 하셨습니다만."

"오냐, 그래. 이제는 늙었다고 구박까지 하는구나."

"누가 구박한다고 그럽니까!"

"이게 구박이 아니면 뭐냐?"

"알았습니다. 알았으니까 제대로 걷기나 해요."

"흥! 노부가 제대로 못 걷는 게 아니라 네놈의 부축이 어설픈 게다. 아무튼 빨리 가기나 하자."

송산은 연신 투덜거리면서도 풍월의 몸에 기댄 채 걸음을 옮겼다.

풍월이 부축을 하고 지팡이까지 짚고 있음에도 걸음걸이가 영 불안했다.

송산의 건강이 하루가 다르게 악화되고 있음에 앞만 보고 걷는 풍월의 안색은 더없이 어두웠다.

자꾸만 불안한 생각이 들었다.

며칠 후면 광혼을 떠나보낸 지 일 년이 되었기에 더 그랬다.

송산과 광혼은 풍월이 임독양맥을 타동하는 것을 돕다가 큰 내상을 당했다.

격체전공을 통해 상당한 내력을 풍월에게 쏟아부은 상황에서 풍월이 정신을 잃은 사이 폭주하는 기운을 제어하다 역으로 화를 입은 것이다.

풍월은 송산과 광혼이 자신의 목숨을 살리고자 탈진할 정도로 애를 썼다는 것만 알지 그 과정에서 상당한 내상을 당했다는 것을 전혀 알지 못했다. 풍월이 괜한 자책을 할까 걱정한 송산과 광혼이 자신들의 내상에 대해 철저하게 함구를 했기 때문이었다.

임독양맥을 뚫은 이후, 송산과 광혼은 거의 모든 수련을 실전을 겸한 대련으로 대체했다.

참고 견디는 것만큼은 천하에서 둘째가라면 서러워할 풍

월마저 학을 뗄 정도로 강도 높은 대련이 매일같이 계속됐고, 그것과 비례해 풍월의 무공 실력은 엄청나게 향상을 했다.

특히 검과 도를 함께 쥘 때는 무림십대고수로 명성을 날렸던 송산과 광혼이 식은땀을 흘릴 정도로 고생을 하고나서야 겨우 우위를 잡을 수 있을 정도였다.

하지만 내상이 완쾌되지 않은 상황에서 무리하게 풍월을 훈련시킨 것이 그들의 생명력을 조금씩 갉아먹었다.

정확히 일 년 전, 광혼이 세상을 떠나면서 모든 사실을 알게 된 풍월은 그의 무덤 앞에서 사흘 밤낮을 목 놓아 울었다.

광혼이 세상을 떠난 이후, 송산의 건강도 급격하게 악화되기 시작했다.

광혼에 비해 건강 상태가 좋았던 그였으나 친우의 죽음에 심적인 타격을 받은 데다가 몸에 문제가 생기자 세월이라는 괴물이 서서히 몸을 잠식한 것이다. 최근 들어 상태는 더욱 좋지 못했다.

서늘한 바닷바람이 막 집 앞에 도착한 그들을 훑고 지나갔다.

한기가 스며드는지 살짝 몸을 떤 송산이 말했다.

"날이 차갑긴 하구나."

"그러니까요. 찬바람이 몸에 얼마나 안 좋은데 자꾸만! 아무튼 뜨거운 차로 몸부터 데워야겠어요."

송산을 안다시피 하여 집으로 들어간 풍월이 서둘러 찻물을 끓였다.

"드세요."

풍월이 화도의 꽃잎을 말려 만든 백화차를 내왔다.

"오늘따라 유난히 향이 좋구나."

송산이 크게 숨을 들이마시며 말했다. 아닌 게 아니라 방 안 가득 꽃내음이 만발했다.

"향만 좋은 게 아니라 맛도 좋으니 어서 드세요. 속을 따뜻하게 해야……."

풍월의 말이 끊어졌다. 송산이 갑자기 내민 책자 때문이었다.

"받아라."

얼떨결에 책자를 받아 든 풍월이 손에 든 책자와 천천히 찻잔을 드는 송산을 번갈아 바라보았다. 순간적으로 뇌리를 스치는 것이 있었다.

"완성하신 겁니까?"

"그래."

송산이 뿌듯한 얼굴로 말했다.

"와! 축하드립니다. 정말 고생하셨네요."

"축하는 무슨. 광혼이 완성한 것보다 일 년이나 늦었고만."

시큰둥한 표정을 짓기는 했으나 그래도 은근히 드러나는 자부심만큼은 감추질 못했다.

풍월이 서둘러 책장을 넘겼다. 그곳엔 화산검선이라 불린 송산이 마지막으로 세상에 남기는 화산무공의 정수가 고스란히 담겨 있었다.

"그건 그렇고, 너무 조급해하는 것 아니냐? 너는 어찌 생각할지 모르겠지만 이 할애비가 보기엔 거의 완성된 것 같은데 말이다."

"뭐, 그런 것 같기는 해요. 그래도 아직까진 영 마음에 안 드네요. 젠장."

풍월이 한숨을 내쉬며 고개를 흔들었다.

"아까 말했듯이 새로운 무공을 만든다는 것이 결코 쉬운 일이 아니다."

"그건 아니지요. 매화보와 섬환비를 바탕으로 하는 것인데 뭐가 새로워요."

"쯧쯧, 이놈아. 매화보와 섬환보는 무림에서도 알아주는 보법이다. 그런 보법의 장점만을 취합하여 만드는 것보다 아예 새로운 보법을 만드는 것이 차라리 더 쉬울 수도 있음을 왜 몰라."

"그러게요. 왜 몰랐을까요? 그러니까 그때 제대로 좀 말리시지요."

"어디서 덤터기를 씌우려고 하느냐? 우린 끝까지 말렸다. 죽어라 말을 안 듣고 고집을 꺾지 않은 놈이 어디서 헛소리를 해."

송산이 눈을 부라리며 소리쳤다.

"맞네요. 그런데 도대체 제가 왜 그랬을까요?"

쓴웃음을 짓는 풍월이 땅이 꺼져라 한숨을 내쉬었다.

광혼이 건강이 악화되고 세상을 뜨기 전, 매일같이 이어진 대련을 통해 풍월은 새로운 보법의 필요성을 절감했다.

검을 쥐었을 땐 매화보를 기본으로, 도를 쥐었을 땐 섬환보를 사용했지만 검과 도를 동시에 사용할 때가 문제였다.

검과 도, 사용하는 무기가 달랐고 무공의 성질 자체 또한 완전히 상극이기에 매화보나 섬환보 어떤 보법을 사용하더라도 자연스럽지가 않았다.

그 자체만으로 검이나 도만을 사용했을 때보다 더욱 강력한 모습을 보여줬지만 송산과 광혼은 풍월의 무공이 한 단계 더 나아가기 위해선 새로운 보법이 필요하다고 결론 내렸다.

풍월은 이에 새롭게 무공을 만들자는 송산과 광혼의 의견을 받아들이지 않고 대신 매화보와 섬환보의 장점만을 취합해 사용하기를 원했다.

끝까지 고집을 피운 풍월은 자신의 의견을 관철하는 데 성공은 했으나 그 대가로 혹독한 실패와 좌절, 더불어 끝이 보이지 않는 인내를 경험해야 했다.

"그래도 너무 실망은 하지 마라. 이 할애비가 보기에 얼마간 더 노력하면 끝이 보일 것 같으니 말이다."

"그렇다면야 얼마나 좋을까요."

새로운 보법에 매달린 것이 벌써 이 년 가까이 되어간다. 그게 결코 쉬운 일이 아님을 알기에 풍월의 대답엔 힘이 없었다.

"젊은 놈이 한숨은. 쓸데없는 생각하지 말고 그거나 잘 챙겨둬."

송산이 탁자 위에 있는 책자를 풍월에게 밀었다.

"언제고 기회가 되면 화산파에 전해줘라. 하고 싶은 말은 간단히 적어두었으니 네가 따로 전할 말은 없다."

"누구한테 전할까요? 큰할아버지는 철산도문의 문주에게 전해달라고 하셨는데요."

"그냥 아무 놈에게나 던져 줘. 인연이 있으면 알아보겠지."

송산의 대답에 풍월이 멍한 표정을 지었다.

"그렇게 무책임한 말이 어딨어요? 이렇게 귀한 걸 아무 놈에게나 던져주라니요."

송산이 책을 완성하기까지 얼마나 고생을 했는지 잘 알고 있던 풍월이 못마땅한 얼굴로 말했다.

"정 그러면 이것과 함께 도진이란 놈에게 전해라. 살아 있을지는 모르겠다만 죽었다면 그 제자 놈에게 주던지."

송산이 조그만 봉투 하나를 책자 위에 올려놓았다. 풍월이 책자와 봉투를 조심스레 챙기며 물었다.

"그런데 도진이란 분은 누군데요?"

"제자 놈."

"제자요?"

풍월의 눈이 보름달처럼 커졌다.

"그래, 이 할애비가 화산파를 떠나기 얼마 전에 거둔 제자. 한 삼 년 데리고 있었나. 사실 말이 제자지. 제대로 가르쳐 준 것도 없지만."

슬쩍 고개를 돌리는 송산의 입가에 씁쓸한 미소가 지어졌다. 그 때문인지 풍월이 괜스레 목소리를 높였다.

"걱정 마세요. 제가 잘 전해주겠습니다."

풍월이 책자와 서찰을 가슴에 품고는 자리에서 일어났다. 광혼이 남긴 책자와 함께 따로 잘 보관을 하려는 이유였다.

"잠깐만."

송산이 그를 불러 세웠다.

"왜요? 또 하실 말이 있어요?"

풍월이 엉거주춤한 자세 그대로 물었다.

송산은 아무런 말 없이 한참을 망설이다 답답함을 이기지 못한 풍월이 한숨을 내쉬며 털썩 주저앉자 그제야 입을 열었다.

"네게 전할 물건이 하나 더 있다. 하지만 이게 옳은지는 여전히 판단이 서지 않는구나."

"그게 뭔데요?"

"……."

"할아버지?"

"……."

"할아버지?"

송산은 풍월이 몇 번이나 불렀음에도 침묵을 지켰다.

"판단이 서지 않으시면 나중에 하시던가요."

풍월이 미련 없이 자리를 털고 일어났다.

"우리가……."

비로소 말문이 트였다.

풍월이 슬며시 자리에 앉았다.

송산이 탁자 서랍에서 조그만 원통 하나를 꺼냈다. 재질은 청동, 둘레는 밤톨보다 조금 컸고 길이는 한 뼘 정도의 작은 통이었다.

"웬 통일까요?"

풍월이 궁금함을 감추지 못하고 물었다.

"우리를 은퇴하게 만든 물건이다."

"예?"

풍월이 두 눈을 휘둥그레 떴다.

"우리가 괜스레 무림을 떠난 것이 아니다. 바로 이 물건 때문에 무림을 떠났다."

송산이 원통을 탁자에 올려놓자 풍월이 그의 눈치를 보며 손을 뻗었다.

"열어봐라. 꺼내지 않았으면 모를까 꺼낸 이상 이제 그것의 주인은 너니까."

어쩐지 분위기가 요상했다.

풍월은 조금은 긴장된 표정으로 원통을 열고 안에 든 물건을 꺼냈다.

낡은 양피지 하나가 손가락에 걸려 밖으로 나왔다.

양피지에는 희미하게 그림이 그려져 있었는데 정확히 말하자면 어떤 장소를 가리키는 지형도 같은 것이었다.

"어째 해적들이 들고 다닌다는 보물 지도 같네요."

풍월이 농담을 하며 웃었지만 송산은 전혀 반응이 없었다.

오히려 더욱 진지한 얼굴로 양피지와 풍월을 바라볼 뿐이었다.

"에이, 보물 지도일 리가요."

"……."

"설마요."

"……."

"진… 짠가요?"

풍월이 떨리는 음성으로 물었다.

"네가 말하고자 하는 보물이 있는지는 모른다. 하지만 전설대로라면 무림인들에겐 이 이상의 보물도 없겠지."

무림인들에겐 이 이상의 보물도 없다라는 말에 바로 감이 왔다.

"누군가의 유산인가 보네요. 아마도 유명한 사람이겠죠?"

"맞다."

"누군데요?"

"천마(天魔)."

천마라는 단어에 언젠가 협객전에서 읽었던 이야기가 떠올랐다.

풍월의 몸이 그대로 굳었다.

지도의 정체를 바로 알아차린 것이다.

"마, 맙소사! 이게 천마총(天魔塚)의 지도라고요?"

풍월이 경악하며 소리쳤다.

"확실하진 않다. 하지만 그 지도를 얻고자 무림에 엄청난 피바람이 불었다는 것을 감안하면 어느 정도 신빙성이 있는 것 같구나. 최초 소유했던 자가 무영신투(無影神偸)였다는 것도 그렇고."

그 이상의 설명은 필요 없었다.

삼백오십여 년 전, 홀로 무림에 출도하여 패천마궁의 전신이라 할 수 있는 천마성을 만들어낸 절대자.

정사마를 가리지 않고 천 번을 싸워 단 한 번도 패하지 않았으며, 심지어 그 누구에게도 백초를 허락하지 않았다는 무적자가 바로 천마다.

하지만 천마는 천마성이 만들어지고 정확히 삼 년 만에 홀연히 모습을 감추었다.

천마가 어째서, 무슨 이유로 사라졌는지 알 수는 없었으나 만약 그가 건재했다면 천마성에 의해 무림에 암흑기가 왔으리란 것은 누구도 부인할 수 없는 사실이었다.

천마총을 찾는 자, 천하를 얻으리라!

언제부터인지 무림에 전설처럼 떠돌아다니는 말이다. 더불어 천마총을 찾기 위해선 그 위치를 그려놓은 장보도를 찾아야 한다는 소문도 돌았다.

한데 바로 그 전설을 찾아볼 수 있는 지도를 눈앞에서 직접 보게 된 것이다.

풍월이 어쩔 줄을 몰라 하며 흥분에 떨고 있을 때 송산이 갑자기 기침을 해댔다.

한번 시작한 기침은 반 각 가까이 이어진 다음에야 비로소 멈췄다.

걱정스러운 눈빛으로 그를 바라보던 풍월이 식은 찻물을 다시 데우기 위해 잠시 자리를 떴다.

송산은 입을 가리고 있던 손에 피가 조금 묻어 있는 것을 보며 쓴웃음을 지었다.

"이젠 정말 갈 때가 되었군."

의자 뒤로 깊게 몸을 누이고 지그시 눈을 감았다.

천마총의 장보도를 얻게 되었을 때가 절로 떠올랐다.

찻물을 데워온 풍월은 송산이 눈을 뜰 때까지 조용히 기다렸다.

한참 만에 눈을 뜬 송산이 차를 들이켰다.

송산이 안정을 되찾은 것을 확인한 풍월이 조심스럽게 지도를 살피며 말했다.

"그런데 이해가 안 되는데요."

"뭐가 말이냐?"

"할아버지들께서 무림을 떠난 이유가요. 이 귀한 보물을 얻었으면 과연 무림에 전해져 오는 전설이 사실인지 찾아봐야

되는 거 아닌가요?"

"어림없는 소리. 당시 장보도가 출현했을 때 무림에 어떤 난리가 났는지 직접 보았다면 그런 말은 절대 할 수가 없을게다."

대충 짐작은 갔다.

"그렇게 심했습니까?"

"심했지. 장보도가 세상에 모습을 드러낸 지 고작 한 달만에 삼십여 개의 문파가 사라지고 천 명이 넘는 인원이 목숨을 잃었다. 그것도 어중이떠중이가 아니라 나름 이름 있는 자들만 추려서 그 정도야."

"맙소사!"

상상도 할 수 없는 숫자에 풍월의 입이 쩍 벌어졌다.

"다들 욕심에 눈이 돌아간 것이다. 그 욕심엔 정사를 가리지 않았다. 구대문파까지 뛰어들었으니까. 말이야 더 이상 참상이 벌어지는 것을 묵과할 수 없다는 것이었으나 그 또한 헛소리에 불과한 것. 다들 욕심을 냈던 거다. 그런 상황에서 나와 광혼이 장보도를 얻었다. 어떤 선택을 했어야 할 것 같으냐?"

풍월이 멈칫하며 대답을 하지 못하자 씁쓸히 웃은 송산이 말을 이었다.

"사실 우리라고 욕심이 없었던 것은 아니다. 다만 장보도를 얻기 얼마 전에 당시 우리와 친분을 유지하고 있던 하오문주에게 들었던 말이 영 마음에 걸리더구나.”

“어떤 말을 들으신 건데요?”

“느낌이 좋지 않다고. 뭔가 모를 거대한 힘이 당시 벌어진 모든 상황을 조율하는 듯한 느낌이 든다고 했다. 증거는 없고 그저 추측일 뿐이었으나 다른 사람도 아니고 하오문주의 말이었다. 그 어떤 물증보다 정확할 수 있다는 생각을 한 우리는 무림의 평화를 위해서 은거를 결심했다. 물론 우리가 천마총의 장보도를 얻은 사실을 감추느라 꽤나 고생을 했지만 말이다.”

송산의 표정이 더없이 밝아지는 것이 당시의 판단에 얼마나 큰 자부심을 가지고 있는지 알 수 있었다.

“한데 그런 것을 어째서 제게…….”

“영원히 묻어두려고 했다. 장보도가 다시 세상에 알려졌을 때 일어날 혼란도 걱정해야 했고, 또 우리가 모르는 음모가 개입되어 있을 것 같다는 하오문주의 말도 영 걸렸지. 그렇다고 해도 천마라는 위대한 인물의 발자취를 찾을 수 있는 것인데 이렇게 사장되어야 하는지 나나 광혼은 고민이 많았다. 무엇보다…….”

말을 이어가던 송산이 갑자기 인상을 찌푸리더니 손을 내저었다.

"모르겠다. 이제 네놈에게 장보도를 주었으니 우리가 했던 고민까지 가져가라. 세상에 내놓든 아니면 영영 사장시키든 알아서 하란 말이다."

송산은 오랫동안 짊어진 마음의 짐을 내려놓는 순간이라 그런지 거칠게 숨을 몰아쉬었다. 또다시 시작된 기침에 송산의 몸이 격렬하게 떨렸다.

"커헉!"

송산의 입에서 선홍빛 피가 쏟아졌다.

"할아버지!"

풍월이 기겁하여 소리쳤다.

가끔 각혈을 하는 모습을 보기는 했어도 살짝 피가 보이는 정도였지 이토록 심하게 피를 토하는 모습은 지금껏 없었다.

이는 곧 그만큼 병세가 심각해졌다는 의미였다.

"괜… 찮아. 소란 떨지 마라."

손짓으로 자신에게 다가오는 풍월을 막은 송산이 소맷자락으로 입가에 흐르는 피를 닦아내며 말을 이었다.

"이… 제 정말 갈… 때가 된 모양이다."

"말도 안 되는 소리 하지 마시고요. 약을 가지고 올 테니까 잠시만 기다려요."

벌떡 일어나 방을 나간 풍월이 고약한 냄새를 풍기는 탕약을 가지고 돌아왔다.

냄새는 그다지 좋지 않았으나 광혼이 알려준 비법으로 만든 약으로 각종 병, 특히 기침에 탁월한 효과가 있는 약이었다.

"어서 드세요."

"됐다. 이제 그만 먹으련다. 내성이 생겼는지 이제는 효과도 없어."

"할아버지!"

풍월이 정색을 하며 소리치자 송산이 짧은 숨을 내뱉으며 고개를 끄덕였다.

"그래, 알았다. 먹는다, 먹어."

송산이 탕약을 완전히 비울 때까지 도끼눈으로 지켜보던 풍월은 빈 사발을 받고 나서야 굳은 표정을 풀었다.

"크! 고약하다, 고약해."

송산이 오만상을 찌푸리며 약사발 옆에 놓여 있던 당과 하나를 집어 들었다.

"그런데 언제부터 그렇게 각혈이……."

"심해졌냐고? 한 달포쯤 되었나?"

생각보다 훨씬 긴 시간에 풍월의 안색이 딱딱하게 굳었다.

"그럼 말씀을 하셔야지요. 어째서 아무런 말도 하지 않으신 건데요?"

"하면? 뭐가 달라지느냐?"

"……."

송산의 반문에 말문이 탁 막혔다.

"세월이 준 병이다. 인력으로 되는 병이 아니야."

"하지만 큰할아버지가 남기신 약을 드시면……."

"이미 충분히 먹었다. 그랬기에 지금껏 버틴 것이고. 하지만 이제는 약발도 먹히지 않아. 흠, 그건 아닌가? 그래도 기침이 잦아드는 것을 보면 아직까지는 통하는 모양이군."

피식 웃음을 터뜨린 송산이 어쩔 줄 몰라 하는 풍월의 손을 잡으며 말했다.

"됐다. 걱정은 그만 접어두고 오랜만에 이 할애비와 얘기나 하자꾸나. 이런저런 당부하고 싶은 말이 꽤나 많다."

풍월은 환하게 웃는 송산의 모습에 알 수 없는 위화감을 느꼈다.

가슴은 불안감에 거칠게 뛰고 뭐라 표현할 수 없는 기분이 전신을 휘감았다. 하지만 아무런 말도 할 수가 없었다. 그저 고개를 끄덕일 뿐이었다.

밝은 햇살에 눈을 뜬 풍월이 눈실을 찌푸리며 몸을 일으켰다.

늦은 밤까지 많은 얘기를 나누다 잠시 졸은 것 같은데 제법 깊게 잠이 든 모양이었다.

"벌써 아침인가?"

기지개를 켜며 습관적으로 고개를 돌렸다.

바로 옆에서 자고 있어야 할 송산이 보이지 않았다. 게다가 침구는 잘 정돈되어 있었고 침구 위에 피 묻은 옷가지가 가지런히 개져 있었다.

방문을 뛰쳐나온 풍월이 송산을 불렀다.

"할아버지! 할아버지!"

아무런 대답이 없었다.

서늘한 기운에 등줄기가 얼어붙었다. 심장이 쿵쿵 뛰었다.

때마침 화도의 유일한 밭이라고 할 수 있는 곳에서 농기구를 만지고 있는 전직 해적 갈총이 눈에 띄었다.

"외꾸 아저씨, 할아버지 못 봤어요?"

갈총이 안대를 바로하며 고개를 흔들었다.

"아니. 왜? 어르신께 무슨 일이라도 있어?"

"아니요. 그건 아닌데……."

풍월이 말을 흐리자 갈총의 표정이 살짝 굳었다.

그 역시 최근에 송산의 병세가 좋지 않다는 것을 알고 있었다.

벌떡 일어난 갈총이 곰방대를 흔들며 걸어오는 노인에게 소리쳤다.

"할배! 어르신 못 봤어?"

"이놈의 새끼가! 할배라 부르지 말라고 했지!"

노인, 천삼 역시 전직 해적답게 말이 거칠었다.

"아, 시끄럽고. 어르신 봤냐고?"

그제야 갈총 옆에 선 풍월을 확인한 노인이 정색을 하며 말했다.

"아까 새벽에. 워낙 이른 새벽이라 무슨 일이냐고 여쭈니까 그저 산책을 하신다고 하셨는데."

"어디로 가셨는데?"

풍월이 잡아먹을 듯 물었다.

"저, 저쪽으로."

노인이 가리키는 방향을 본 풍월이 이를 악물었다.

엄마와 광혼 할아버지가 묻혀 있는 곳.

풍월의 신형이 바람처럼 움직였다.

서너 호흡 만에 도착한 곳, 두 개의 봉분이 나란히 놓여 있는 곳에 송산이 앉아 있었다.

등 너머로 술상도 보였다.

풍월은 등을 지고 앉아 있는 송산을 보며 안도의 숨을 내쉬었다.

며칠 후면 큰할아버지가 돌아가신 지 일 년이 된다.

아마도 적적한 마음에 술 한잔 나누려고 나오신 모양이었다.

"오시려면 저를 깨우시던가요. 깜짝 놀랐잖아요."

송산은 아무런 대꾸를 하지 않았다.

"천삼 할배 말로는 새벽에 오셨다면서요. 후, 한숨도 안 주무시고. 그렇게 무리하면 안 된다고 말했잖아요."

툴툴거리며 걸어오던 풍월이 문득 걸음을 멈췄다.

이쯤 되면 고개라도 돌릴 법 하건만 아무런 반응이 없었다.

"할아… 버지?"

뭔가를 느낀 것인지 풍월이 떨리는 음성으로 송산을 불렀다.

여전히 대답은 없었다.

"왜 그래요? 놀리지 말고요. 할아… 버지?"

풍월의 음성엔 이미 울음기가 가득했지만 꼿꼿이 세운 등은 야속하게도 미동조차 없었다.

"할……."

송산을 부르려던 풍월이 입을 다물었다.

우두커니 선 채 한참이나 송산의 뒷모습을 바라보던 풍월이 힘겹게 걸음을 옮겼다.

그 짧은 시간, 지난날의 일들이 주마등처럼 스쳐 지나갔다.

두 눈에선 이미 뜨거운 눈물이 줄줄 흘러내리고 있었다.

눈물 사이로 곱게 빗은 머리카락과 소맷자락에 매화가 수놓아진 도복이 들어왔다.

화산파를 떠나올 때 입고는 다시는 입은 적이 없다고 하셨던 바로 그 도복이다.

종종 죽을 때 입을 것이라며 농을 던지던 할아버지의 모습이 떠올랐다.

"할.아.버.지!"

풍월의 신형이 그대로 무너져 내렸다.

*　　　*　　　*

"흐흐흐."

지난겨울 폭설로 인해서 한쪽 지붕이 살짝 내려앉은 집을 물끄러미 바라보는 풍월의 입이 귀에 걸렸다.

"그렇게 좋냐?"

전직 해적 갈총이 옆구리를 툭 치며 물었다.

"좋지. 외꾸 아저씨가 언제 그랬잖아. 해적질을 하기 위해 출항할 때 미친 듯이 가슴이 뛰고 손발이 찌릿찌릿한 것이 떨림을 주체할 수가 없었다고."

"내… 가 그랬냐?"

갈총이 눈가를 씰룩이며 되물었다.

"아무튼 지금이 딱 그래. 온몸이 떨리는 것이 마치 벌레가 스물스물 기어다니는 것 같아."

"하! 우리 풍 공자가 섬을 떠나려고 아주 단단히 작정을 하셨구려."

갈총 곁에 서 있던 천삼이 혀를 차며 말했다.

"이해 못할 것도 아니잖아, 영감. 이 조그만 섬에 이십 년을 갇혀 살았으니까. 뭍이, 넓은 세상이 그립기도 하겠지."

갈총이 조금은 안쓰럽다는 눈길로 바라볼 때 천삼이 물었다.

"그런데 풍 공자, 정말 그 배로 가려는 거요?"

"왜? 무슨 문제라도 있어?"

풍월이 고개를 갸웃거리며 반문했다.

"당연히. 미친 게 아닌 이상, 그 조그만 고깃배로 이 거친 바다를 건넌다는 생각을 할 수는 없지요."

"에이, 바다를 건너는 건 아니잖소. 고작 작약도(芍藥島)까지 가는 건데."

갈총의 말에 천삼이 눈을 부라렸다.

"이 대가리에 똥만 찬 놈아. 고작이라고 해도 근 삼십 리 길이다. 노 하나만 딸랑 들고 건널 거리가 아니란 말이야. 명색이 해적질을 했다는 놈이 그것도 몰라?"

"그, 그런가?"

갈총이 머리를 긁적거리며 천삼의 눈치를 살피자 풍월이 웃으며 말했다.

"왕 아저씨는 돛대를 세우고 돛을 달면 충분하다고 하던데? 아, 그러고 보니 돛대는 완성됐는지 모르겠네."

"아까 봤다. 작긴 해도 돛까지 완벽하게 달려 있더라."

갈총의 말에 천삼이 이마를 짚었다.

"어쩐지 왕우 놈이 도통 보이지를 않더니 등신 같은 짓을 하느라 그랬구나. 풍 공자, 내 농으로 하는 말이 아니라 이건 정말 위험하오. 미친 짓이란 말이오."

천삼은 어떻게든 풍월의 무모한 모험을 막고 싶었다.

"하지만 할배. 이 방법이 아니면 섬을 떠날 방법이 없잖아."

"오가는 상선이나 해적선을 기다리면……."

"언제까지? 상선은 이십 평생 두어 번 본 것이 전부고 해적 또한 이 년 전에 잠시 정신 나간 놈들이 섬에 왔던 이후론 한 번도 못 봤어."

"……"

천삼이 대꾸를 못하자 갈총이 아쉽다는 듯 입맛을 다시며 말했다.

"그때 놈들의 배를 빼앗았으면 이런 걱정도 없을 텐데. 괜히 멀쩡히 돌려보내선."

갈총의 말에 천삼이 한심하다는 듯 소리쳤다.

"이 등신 같은 놈아. 그 큰 배를 누가 몰아? 섬에 있는 인원 모두 합쳐 봤자 열 명도 안 돼. 게다가 다들 늙거나 병신들이라 제대로 힘을 쓸 수 있는 사람은 고작 서너 명에 불과하고."

"듣는 놈 기분 나쁘니까 욕 좀 그만하쇼. 아오! 해적 선배만 아니면 그냥."

갈총이 주먹을 움켜쥐자 천삼이 두 눈에 힘을 주며 말했다.

"왜 치기라도 하게?"

"못할 것 같소?"

"해봐. 아주 한쪽 눈깔마저 뽑아서 먹물을 쪽쪽 빨아먹어 줄 테니까."

두 사람은 금방이라도 치고받을 것처럼 험한 기운을 드러내며 으르렁거렸다.

그러거나 말거나 풍월은 전혀 관심 없다는 듯 평생을 살아온 집을 감회 어린 얼굴로 잠시 바라보다 미련 없이 몸을 돌렸다.

"야, 바로 가냐?"

언제 성질을 부렸냐는 듯 표정을 확 바꾼 갈총이 풍월의 곁으로 따라붙으며 물었다.

"아니, 엄마하고 할아버지들한테."

"아! 그렇지. 당연히 인사는 드리고 가야지. 다녀와라. 난 왕우가 제대로 준비를 하고 있는지 확인을 하고 있을 테니까."

풍월은 손을 휘젓는 것으로 대답을 대신하고 어머니와 할아버지들의 무덤이 있는 곳으로 향했다.

갈총이 풍월과 반대편으로 내달리자 잠시 머뭇거리며 한숨을 내쉬던 천삼이 갈총이 향한 곳으로 걸음을 옮겼다.

엄마와 할아버지들이 잠들어 있는 무덤가에 도착한 풍월은 듬성듬성 자라기 시작하는 잡초를 꼼꼼히 뽑고 무너진 흙을 채워 넣는 등 한참 동안이나 무덤을 살폈다.

평소에 워낙 관리를 잘해놓은 터라 큰 문제는 없었지만 앞으로 언제 다시 찾을지 모른다는 생각 때문인지 손길에 더욱 정성이 깃들어 있었다.

주변이 어느 정도 정돈되었다고 여겼을 때 천삼이 그의 어깨를 가만히 두드렸다.

언제 준비했는지 그의 손엔 술병과 몇 가지 음식이 놓인 조그만 상 하나가 들려 있었다.

"할배, 고마워."

천삼에게 고개를 숙여 인사를 한 풍월이 준비된 음식과 술로 간단하게나마 제를 올렸다.

천삼은 제를 올리는 풍월을 보며 감개무량한 표정을 지었다.

적대적인 해적들의 공격을 받고 바다에 빠졌다가 파도에 휩쓸려 화도에 도착한 지 벌써 십오 년이 흘렀다.

이후, 여러 가지 이유로 화도에 정착한 해적들이 몇 있었지만 두 번째로 오래 화도에 머문 사람이 십 년 남짓한 갈충이었으니 따지고 보면 자신만큼 풍월과 오랜 인연을 맺은 사람은 없었다.

지금도 처음 정신을 잃었다가 힘겹게 깨어났을 때 자신을 바라보던 눈동자가 잊혀지지 않는다. 마치 어린 새를 구했을 때의 그런 의기양양하고 천진한 눈동자. 그럴 만도 했다. 당시 다섯 살의 풍월이 쓰러진 자신의 존재를 할아버지들에게 알렸으니까.

자신의 목숨을 살려준 광혼의 말에 따르면 풍월이 조금만 늦게 발견했어도 살릴 수 없었을 것이라 했다.

그렇게 화도와 풍월과의 인연이 시작됐다. 어떤 힘들고 고통스러운 일이 있었는지, 또 즐거운 일이 있었는지 모두 옆에서 지켜보았다.

그랬던 다섯 살 꼬마가 마침내 대붕이 되어 둥지를 떠나는 순간이 도래한 것이다.

천삼은 두 눈에 뿌연 습막이 차오르는 것을 느끼며 황급히 고개를 돌렸다.

"오늘 떠나요. 보법이요? 완성했지요. 빌어먹을! 작은할아버지 돌아가시고도 꼬박 일 년이 넘게 걸렸네요. 제대로 익혔으니까 그렇게 노려들 보실 건 없고요. 아무튼 할아버지들께서 맡기신 물건은 확실하게 전할게요. 혹시나 비라도 맞을까 유지로 꽁꽁 싸매고 그것도 부족해 기름칠한 목함에 밀봉까지 했으니까 걱정들은 붙들어 매시고. 참, 엄마. 아버지 찾는 일은 잘 모르겠어. 미워하지도 않고 원망도 안 해요. 뭐, 딱히 궁금하지도 않고. 그저 인연이 닿으면 알게 되겠지. 굳이 나서서 찾지는 않을랍니다. 그랬다가 괜히 심술 나서 다 뒤집어엎어 버릴 수도 있으니까. 흐흐흐."

풍월은 웃음과 함께 남은 술을 세 무덤에 골고루 뿌렸다.

"아무튼 다녀올게요. 작은할아버지, 그날 밤에 행운유수(行雲流水) 하라고 하셨지요? 말씀하신대로 이것저것 눈치 안 보고 마음껏 활개치고 다녀볼라고요. 그렇다고 너무 걱정하지는 말고요. 나 풍월, 다들 알다시피 그렇게 호락호락하게 자라지는 않았으니까요. 자, 그럼, 언제가 될지 모르겠지만 제가 올 때까지 편히들 계세요."

깊숙이 허리를 숙여 인사를 한 풍월은 나란히 놓여 있는 봉분들을 한참 동안 바라보다 그대로 몸을 돌렸다. 괜히 머뭇거리다간 기분만 울적할 것 같은 생각에 내딛는 발걸음에 잔뜩 힘을 실었다.

화도를 떠나는 풍월의 역사적인 첫 발걸음을 책임질 배는 천삼의 걱정이 기우가 아님을 증명이라도 하듯 자그마한 파도에도 위태롭게 흔들렸다.

"풍 공자, 지금이라도 다시 한번 생각을 해보구려. 아직 늦지 않았소. 먹구름이 잔뜩 낀 것이 예사롭지 않소이다."

천삼이 불안한 눈길로 어두운 하늘과 파도에 흔들리는 배를 번갈아 응시했다.

돛대를 세우고 돛까지 달아놨지만 한눈에 봐도 어설프기 짝이 없었다.

바람이 조금만 거세도 도저히 버틸 것 같지가 않았다. 결국 배 양쪽에 매달린 노를 의지해서 작약도까지 가야 한다는 말인데 그 또한 쉬운 일은 아니었다.

"아무튼 영감들의 노파심 하고는. 일전에, 한 이삼 년 되었나? 암튼간에 무사히 다녀왔는데 뭐가 그리 걱정이야. 게다가 이번엔 돛까지 달았잖아. 바람만 제대로 타면 작약도 정도는 눈 깜짝할 사이에 도착할 수 있다고."

이틀의 시간을 꼬박 들여 돛대를 세우고 돛까지 단 왕우가 돛대를 쓰다듬으며 말했다.

"바람을 제대로 탈 수나 있을지 모르겠다. 어디 그런 어설픈 돛으로. 그리고 일전에 다녀올 때는 풍 공자 혼자가 아니었어. 둘째 어르신하고 갈총이 놈도 함께였잖느냐? 한 사람이 노를 잡는 것과 두 명이 노를 잡는 것은 천지 차이야."

"그건 또 그렇네. 그리고 둘째 어르신이 보통 분이 아니셨지. 배가 조금만 흔들려도 그냥 장풍으로……."

갈총이 그때를 상기하며 사방으로 손을 뻗었다.

"풍 공자, 천가 말대로 날씨가 수상한 것이 아무래도 불안해서 안 되겠소. 이 늙은이가 노를 잡겠소이다."

천삼의 곁에서 조그만 주머니를 들고 있던 노인이 앞으로 나섰다.

천삼과 형님, 동생 하는 사이로 같은 해적단에 있다가 뒤늦게 화도에 정착한 장삼풍이었다.

이름 때문에 송산에게 꽤나 시달림을 받은 그 역시 풍월과 헤어지는 것을 천삼만큼이나 아쉬워하는 것 같았다.

"그럼 다른 쪽의 노는 내가 잡을까?"

"아니, 경험으로 보나 뭐로 보나 내가 잡아야지."

"늙은이들은 빠지시고. 당연히 내가 잡아야지."

풍월을 배웅하기 위해 나온 이들이 저마다 한 소리씩 내뱉었다.

"아, 됐어. 작약도에 진을 치고 있는 해천방 놈들과 만나봤자 좋은 일 없잖아요, 다들."

그 한마디에 다들 꿀 먹은 벙어리가 되었다.

화도에 머물고 있는 이들 대부분이 해적 출신으로 풍월의 말대로 작약도를 장악하고 있는 해천방의 해적들과 얽혀서 좋을 것이 하나도 없었다.

해천방이란 이름이 나오자 다들 불안한 표정을 지었다. 풍월이 화도를 떠났을 때 혹여나 일어날 불상사를 걱정하는 눈치였다.

"그렇다고 그렇게 걱정할 필요는 없고. 내가 떠나도 할아버지들이 돌아가신 걸 모르는 이상 그놈들 배짱으론 이 근처엔 얼씬도 하지 못할 테니까."

"그, 그렇겠지?"

그 옛날, 해천방과 드잡이질을 했던 왕우가 불안히 눈동자를 굴리며 물었다.

"덩치에 안 맞게 쫄기는. 걱정 마. 작약도에 도착하면 이곳이 얼마나 무서운 곳인지 다시금 상기시켜 줄 테니까. 뭐, 그놈들의 배를 얻어 타고 육지까지 가려면 필요한 과정이기도 하고. 흐흐흐!"

뭐가 그리 즐거운지 풍월의 입에선 웃음이 떠나지 않았다.

“놈들이 순순히 말을 들을까? 육지로 접근하다 자칫 수군과 만나기라도 하면 모조리 뒈질 텐데.”

갈총의 말에 풍월이 피식 웃으며 말했다.

“거절하고 싶으면 하라지 뭐.”

다른 말이 필요 없었다.

주먹을 슬쩍 흔들며 던지는 풍월의 한마디에 모두들 수긍한다는 듯 고개를 끄덕였다. 그만큼 인근 해적들에게 화도는 염라대왕보다 무서운 공포의 대상이었으니까.

“걱정해 주는 건 고맙지만 그쯤 해두라고요. 도사 할배는 그거 이리 주고.”

풍월이 손을 내밀자 장삼풍이 떨떠름한 표정으로 주머니를 내주며 물었다.

“만들어 달라고 해서 만들기는 했으나 이걸 어디다 쓰려고 그러시오?”

“다 필요해서 부탁한 거야. 이야, 제대로네.”

풍월은 비취빛 산호로 만든 명패를 꺼내며 활짝 웃었다.

명패에는 ‘風月’이란 글자가 멋들어지게 새겨져 있었다.

풍월은 만족한 표정으로 주머니를 봇짐에 쑤셔 넣은 뒤 가볍게 인사를 했다.

“고마워, 도사 할배.”

"도움이 되었으면 좋겠소."

"도움이 되고말고. 자, 이제 그만 헤어집시다. 아주 가는 것도 아니니까 남사스럽게 울지들 말고."

무덤가에 이어 또 한 번의 이별을 경험하게 된 풍월은 애써 밝은 표정으로 손을 흔든 후, 고깃배로 훌쩍 뛰어내렸다. 배에 발을 내딛는 순간, 천근추를 시전하자 배가 언제 흔들렸냐는 듯 중심을 잡았다.

풍월이 손을 번쩍 들어 흔들었다.

"자, 갑니다."

풍월의 말이 끝나기가 무섭게 여러 웅원의 말들이 봇물처럼 쏟아졌다.

"돛을 움직이는 방법은 알지?"

"어설프게 당하지 마. 적이다 싶으면 무조건 선빵이다, 선빵."

"계집들 조심하고. 참, 내가 가르쳐 준 방중술 잊지 마라. 그대로만 하면 중원의 계집들은 다 네 차지야."

"부디 몸 조심하구려, 공자."

"화도를, 우리들을 잊지 마시오."

풍월이 여러 웅원의 말에 손을 번쩍 들었다.

"쯧쯧, 걱정도 팔자라니까. 쓸데없는 걱정들 말고 다시 돌아올 때까지 다들 잘 지내시구려. 난 갑니다."

마지막 말과 함께 풍월은 언제가 송산이 그랬던 것처럼 치켜올렸던 손을 바다를 향해 뻗었다.

장력이 바닷물을 때리자 그 압력에 의해 흔들리던 고깃배가 바다를 향해 쭈욱 밀려 나갔다.

비릿한 바다 내음이 코를 간질였다.

손가락으로 코를 후빈 뒤, 천천히 노를 잡는 풍월의 얼굴은 새로운 미래에 대한 기대감으로 가득 차 있었다.

제8장

인연(因緣)의 시작

지옥 같은 시간이 끝났다.

밤새 몰아치던 폭풍우를 견뎌낸 상선은 엉망으로 변해 버렸다.

반쯤 부러진 돛대에 걸려 있는 돛은 무참히 찢어져 아무렇게나 펄럭이고 갑판 이곳저곳이 크게 패였으며 곳곳에 바닷물이 잔뜩 고여 있었다.

배 위에 쌓아두었던 짐들 중 남아 있는 것은 채 이 할이 되지 않았고 그나마도 바닷물에 흠뻑 젖어 사실상 쓸모없는 것들이 돼버렸다.

그래도 배 위를 분주히 돌아다니는 사람들의 표정은 그리 어둡지 않았다.

앞을 분간할 수 없는 세찬 비바람에 거친 파도가 갑판을 넘나들고 돛대가 부러질 때만 해도 다들 목숨을 부지할 길이 없다고 여겼으나 선장 이하 선원들의 눈물겨운 노력으로 그토록 매섭게 몰아친 폭풍우를 견뎌냈다.

나중에야 어찌 되었든 지금 당장은 목숨을 건진 것만으로도 충분했다.

"최대한 빨리 찢어진 돛을 꿰매라. 돛대가 반토막이 났지만 충분히 연결할 수 있다. 너흰 갑판 정리 좀 해. 쓸데없는 것이라고 생각하면 모조리 버리고. 너희들은 흩어진 물건들을 수습해라. 움직이지 않도록 다시 한번 단단히 고정해."

선장은 선원들이 해야 할 일을 일일이 지적하며 소리쳤다. 선원들은 그의 명령에 따라 일사불란하게 움직였다.

엉망이 되었던 갑판이 조금씩 정상적인 모습을 찾고 있을 때 선실에 머물던 이들이 갑판으로 올라왔다.

아직은 위험하니 선실에서 나오지 말라는 선장의 당부도 좁은 곳에서 밤새 죽음의 공포에 시달린 그들에겐 통하지 않았다.

선실에서 걸어 나온 이들은 누구 할 것 없이 갑판의 난간을 붙잡고 연신 토악질을 해대기 시작했다. 이미 선실에서 토할

대로 토한 상태라 딱히 나오는 것은 없었지만 그래도 맹렬한 기세로 토악질을 해댔다.

선원들이 위험하다고 말려도 난간을 놓고 물러나는 사람이 없을 정도였다.

“우웩!”

난간을 놓고 한 걸음 물러났던 홍추가 다시금 상체를 난간 바깥으로 빼며 토악질을 하자 이를 지켜보던 할아버지가 근심 어린 얼굴로 등을 두드렸다.

“괜찮은 게야?”

“주, 죽겠어.”

홍추가 넌덜머리가 난다는 듯한 표정으로 고개를 저었다.

“어부의 핏줄을 받고 태어났으면서도 어째 이리 약할꼬.”

“내가 어부 체질이 아니라고 몇 번이나 말했잖아. 그래서 이렇게 뭍으로 나오려고 했던 거고.”

홍추의 말에 할아버지 홍원은 나직이 한숨을 내쉬었다.

뭍으로 나온 건 나쁘지 않았다. 최소한 자신을 따라 평생 고기잡이를 하다 폭풍우에 휘말려 목숨을 잃은 아들놈처럼 되지는 않을 테니까.

다만 뭍이라는 곳이 세상 물정 모르는 사람이 쉽게 정착할 수 있을 만큼 녹록지 않다는 것이 문제였다.

그것이 걱정이 되어 손자가 정착을 하는 동안만이라도 도움이 되고자 함께 뭍으로 향하기는 했으나 그 역시 크게 자신은 없었다.

그나마 다행이라면 목적한 곳에 비벼볼 피붙이가 있다는 것을 조금 믿고 있을 뿐.

"그리고 할아버지, 어지간하면 그냥 돌아가. 할아버지 마음은 알지만 내 앞길은 내가 개척해야지. 두고 봐. 반드시 천하제일의 거상이 되고 말 테니까."

"이놈아. 그게 그리 쉬운 게 아니야. 장사를 하려면 한두 푼 드는 것도 아니고 또 그만한 경험도 있어야 하는 법인데 돈도 없고 경험도 없는 네가 어찌……."

"처음부터 크게 일을 벌일 수는 없지. 그럴 여건도 안 되잖아. 당연히 밑바닥부터 시작할 거야. 그리고 하나하나 단계를 밟아나갈 생각이고. 그러니까 걱정 말고 돌아가. 섬에 남은 엄마하고 옥방이만 생각하면 영 불안해."

"쓸데없는 소리. 어차피 오래 있을 생각도 없다. 그저 네가 자리 잡는 거만 보고 돌아가련다. 자꾸 딴소리 하려면 이 할애비하고 당장 돌아가고."

홍원이 정색을 하자 홍추가 어쩔 수 없다는 듯 고개를 흔들었다.

"알았어, 알았다고. 아무튼 자리 잡을 때까지야. 할아버지나 그때 가서 이상한 소리를… 우엑!"

갑자기 말을 멈추고 몸을 돌린 홍추가 다시금 난간을 붙잡고 씨름을 해댔다.

"아, 젠장! 무슨 놈의 뱃멀미가 멈추지를……."

난간에 반쯤 걸치고 있던 상체를 들며 투덜거리던 홍추가 상체를 반쯤 올린 상태 그대로 멈췄다.

"왜? 또 토악질이 나는 게냐?"

홍원이 멈췄던 손을 다시 등에 대며 물었다.

"아니, 그게 아니라."

번쩍 몸을 일으킨 홍추가 먼 바다를 가리키며 말했다.

"할아버지, 저거 사람 아냐?"

"응?"

홍원이 놀란 눈으로 홍추가 가리키는 방향으로 고개를 돌렸다.

아무리 잦아들었다고는 해도 여전히 높은 파도로 인해 뭔가를 알아보는 것이 쉽지 않았다.

"뭐가 보인다는 게냐?"

"저기 말이야, 저기."

답답했는지 홍추가 까치발을 들며 연신 손가락질을 했다.

실눈을 뜨고 홍추가 가리킨 곳을 집중해서 바라보던 홍원도 뭔가를 확인한 듯했다.

"비슷하긴 한데 사람인 줄은 모르겠다."

"틀림없이 사람이야. 내 눈이 어떤지 알잖아."

홍추가 동그랗게 말은 손가락을 자신의 눈에 갖다 대며 말했다.

"확실한 게냐?"

"확실하다니까."

홍추의 확신에 홍원도 더 이상 의문을 품지 않았다. 홍추가 유난히 눈이 좋다는 것은 틀림없는 사실이었으니까.

"갔다 올게."

"뭐 하려고?"

홍원이 황급히 걸음을 옮기려는 손자의 손을 잡으며 물었다.

"뭘 하긴, 사람이 바다에 빠졌어. 당장 알려서 구해야지."

홍추는 할아버지의 손을 뿌리치고 분주히 움직이는 선원을 향해 달려갔다.

홍추와 몇 마디 말을 나눈 선원이 어디론가 달려가는 모습을 본 홍원의 입에서 옅은 한숨이 흘러나왔다.

바다에서 잔뼈가 굵은 홍원은 상황이 그렇게 쉽지 않다는 것을 본능적으로 느끼고 있었다.

배와 조난자와의 거리는 어림잡아도 칠팔십 장 이상은 돼 보였다.

평소라면 그다지 먼 거리라고 할 수 없으나 지금처럼 바다가 미쳐 날뛰는 상황에선 결코 가까운 거리도 아니었다.

조난자를 구하기 위해선 배의 방향을 바꿔서 파도를 거슬러 가야 했는데 돛도 성치 않고 폭풍우를 견디느라 곳곳이 파손된 상태에서 배의 방향을 무리하게 바꾼다는 것은 모험에 가까운 일이라 할 수 있다.

그 과정에서 어떤 위험이 닥칠지도 알 수가 없었고, 무엇보다 조난자가 살아 있는지 이미 숨이 끊어진 상태인지 확인할 길이 없는 상황에서 배와 그 배에 타고 있는 이들의 목숨을 걸 가치가 있는지를 판단하기란 결코 쉽지 않은 일이었다.

홍원의 염려는 곧 현실이 되었다.

"이것 참. 어찌해야 할지 모르겠군."

난간을 붙잡고 홍추가 가리키는 방향을 한참이나 지켜본 선장이 난감한 표정을 지으며 물러났다. 거리상 생사 여부를 확인할 길은 없었지만 바다에 조난자가 있다는 선원의 보고는 틀림없는 사실이었다.

"어찌하실 생각입니까?"

곁에서 선장과 함께 조난자의 존재를 확인한 갑판장이 걱정스러운 얼굴로 물었다.

"우리 애들은 아니겠지?"

선장이 지난 밤 파도에 쓸려간 선원들이 몇 있었음을 떠올리며 되물었다. 오십 줄에 이른 선장보다 더 나이가 들어 보이는 갑판장이 쓴웃음을 지으며 고개를 저었다.

"아닐 겁니다."

선장은 예상했던 답이란 표정을 지으며 고개를 돌렸다.

"배를 돌리는 건 무릴까?"

선장의 질문을 받은 부선장 사마등이 단호히 고개를 저었다.

"무리지요. 설사 돌릴 수 있다고 하더라도 부담이 너무 큽니다."

"자넨?"

"같은 생각입니다."

갑판장과 부선장이 부정적인 견해를 보이자 선장으로서도 고민을 하지 않을 수가 없었다.

평소의 지론대로라면 결코 조난자들을 외면할 그가 아니었으나 지난밤의 폭풍우는 그만큼 위협적이었고 아직 위험이 완전히 끝나지도 않았다.

특히 배에는 그가 책임져야 하는 많은 화물과 승객들이 있었다.

'후! 어찌해야 하나?'

선장이 쉽게 결론을 내리지 못하고 고민하고 있을 때 일단의 무리가 그를 향해 다가왔다.

뱃멀미를 심하게 해서 그런지 하나같이 초췌한 몰골이었으나 분위기가 예사롭지 않았다.

그들의 존재를 확인한 선장이 반가운 얼굴로 손짓했다.

"어서 오게, 대표두. 몸은 괜찮나?"

"괜찮을 리가 없지요. 어지간하면 멀미를 안 하는 편인데 이번 폭풍은 버티기가 힘들더군요. 꼭 태풍이라도 만난 것 같았습니다."

화영표국의 대표두 장무선이 뒤집힌 속이 아직도 진정이 되지 않는지 연신 아랫배를 쓰다듬으며 말했다.

"태풍이었으면 모조리 수장이 되었겠지. 그래도 십 년에 한두 번 볼만한 폭풍이었어. 살아난 것이 다행이지."

"그러게요. 그런데 조난자가 있다고 들었습니다."

"맞네. 이쪽으로."

장무선을 안내한 선장이 손을 뻗어 바다 어딘가를 가리켰다.

"보이나?"

선장이 가리킨 곳을 향해 잠시 안력을 집중하던 장무선이 이내 고개를 끄덕였다.

"예, 조난자가 틀림없군요. 혹시 배의 선원입니까?"

"그건 아닌 것 같네."

"다행이군요. 그나저나 구해야 하지 않겠습니까?"

장무선이 선장에게 고개를 돌리며 물었다.

내심 반가웠지만 선장은 곤혹스런 표정을 지으며 대답했다.

"그게 쉽게 결정할 문제가 아니네."

"쉽게 결정할 문제가 아니라니요? 사람의 목숨이 걸린 문제입니다. 당장 구해야지요."

장무선이 안색을 굳히며 말했다.

"평상시라면 당연히 그래야겠지. 하지만 상황이 좋지 않아. 다소 사그러들었다고는 해도 폭풍우가 완전히 끝난 것도 아니고 파도도 여전히 거세지. 그에 반해 이 배는 완전 엉망일세. 돛도 상했고 노도 절반은 부러졌어. 갑판 꼴을 보면 자네도 대충 짐작을 할 수 있을 테고."

"그래도 급한 대로 위기는 벗어났지 않습니까?"

"절대 그렇지 않습니다."

일이 이상하게 돌아간다고 여긴 사마등이 한 걸음 나섰다.

"저자를 구하러 가려면 배의 방향을 바꿔야 합니다. 하나 선장님께서 말씀하셨다시피 배의 상태가 몹시 좋지 않습니다. 무리입니다."

"하면 조난자를 외면하잔 말인가?"

차갑게 묻는 장무선의 기세가 제법 살벌했으나 사마등은

물러서지 않았다.

"안타깝지만 어쩔 수 없습니다. 이 배엔 우리가 책임져야 할 사람들이, 물건들이 많습니다. 생사도 확인되지 않는 한 사람을 구하려다 자칫 모두의 목숨이 위험할 수 있습니다."

"그럴 수도 있겠지. 그러나 설사 그렇다고 해도 사람이 빠졌는데 모른 체한다는 것은 강호의 도리가 아닐세."

장무선의 말이 끝나기가 무섭게 그를 따르는 표두와 표사들이 의견을 보탰다.

"대표두님 말씀이 맞습니다. 사람의 목숨이 달린 일인데 모른 척해서야 안 되지요."

"조난자를 보고도 외면한다면 화영표국은 많은 이들에게 비웃음을 살 것입니다."

"위험을 감수하고서라도 구해야 합니다. 자칫 이 배를 소유하고 있는 화영상단 전체가 비난을 받을 수도 있습니다."

화영상단 전체가 비난을 받는다는 말이 결정타였다.

화영상단은 그들이 지금 타고 있는 배는 물론이고 화영표국의 소유주다.

선장 역시 단순한 고용인에 불과했다. 지금 이 같은 상황에선 모든 결정권이 선장이 아니라 화영표국의 대표두이자 화영상단 단주의 혈족인 장무선이 지녔다고 해도 과언은 아니었다.

"조난자를 구하는 것이 좋겠습니다."

장무선이 선장을 돌아보며 말했다.

"하지만 그게……."

선장이 여전히 머뭇거리는 모습을 보이자 장무선이 모두가 들으라는 듯 묵직한 음성으로 말했다.

"이 순간 이후 벌어지는 모든 책임은 제가 지도록 하겠습니다. 하니 서두르시지요."

"알았네. 그리하지."

갑판장과 부선장이 반대해서 그렇지 내심으로야 당장에라도 배를 돌리고 싶었던 선장은 장무선이 모든 책임을 진다는 말을 듣자마자 기다렸다는 듯 명을 내렸다.

"배를 돌려라!"

웅성거리는 소리에 정신이 들었다.

사방에서 말이 들려오는지라 정확히 어떤 말을 하는 것인지는 파악되지 않았다.

천천히 눈을 떴다.

눈꺼풀이 천근만근 무거웠다.

눈꺼풀 사이로 빛이 들어왔다.

하늘에 여전히 구름이 가득했기에 딱히 눈이 부시거나 하지는 않았다.

제대로 사물을 확인하지도 못하고 있는데 누군가 질문을 던졌다.

"정신이 드는가?"

멍한 정신 상태로 인해 미처 대답을 하지 못하는 사이 또 다른 이의 음성이 들려왔다.

"눈동자가 움직이는 것을 보면 정신을 차린 것 같습니다."

"오! 다행이군."

"이야, 어린 친구가 생명력 하나는 끝내주는데요."

"그러게 말이야. 바다에서 건졌을 때만 해도 다 죽은 목숨이라고 생각했는데."

"이게 다 여러분들이 걱정해 주신 덕분이라고 봅니다."

"모두가 애쓴 덕분이지요."

정작 대답을 해야 하는 사람은 침묵하고 있는데 온갖 공치사가 난무했다.

"자자, 다들 조용히들 하시고. 정신이 드는가?"

처음 들었던 목소리가 다시 들렸다.

입술이 열리질 않았다. 목이 탈 정도의 갈증을 느끼며 힘없이 고개를 끄덕였다.

"그만하길 천만다행이네. 바다에서 건지긴 했지만 꼼짝없이 죽었구나 생각했지."

"무, 물 좀……."

간신히 입이 열리며 몇 마디 말을 내뱉을 수 있었다.

말이 끝나기가 무섭게 입으로, 코로 물이 쏟아져 들어왔다. 코로 들이친 물로 인해 한참을 켁켁거려야 했다.

물을 쏟은 자를 채근하는 소리를 들으며 겨우 정신을 수습했다.

흐리멍텅했던 눈동자의 초점이 바로 서고 갈증이 사라지자 비로소 또렷이 정신이 돌아왔다.

자신을 우리에 갇힌 짐승을 바라보듯 하는 이들의 시선과는 상관없이 자신에게 일어난 일을 떠올렸다.

행운유수 하리라는 기대를 품고 화도를 떠나는 것까지는 좋았다.

하지만 자신을 뭍으로 데려다줄 해천방 해적들을 만나러 작약도로 향하는 길은 결코 순탄치 않았다.

화도를 떠나기가 무섭게 심상치 않던 날씨가 폭풍우가 되어 몰아쳤다. 비바람에 앞이 보이지 않을 정도였고 집채만 한 파도가 고깃배를 덮쳐 왔다.

배는 풍랑에 휘말린 채 방향마저 잃고 하염없이 떠돌았다. 그럼에도 꼬박 하루를 버텨냈다.

'하지만 그 빌어먹을 파도가 모든 것을 끝장내 버렸지.'

풍월은 아득한 절망감을 맛보게 했던 거대한 파도를 떠올리며 입술을 질끈 깨물었다.

새롭게 시작하는 인생의 첫 시작이 엉망이 되었음을 생각하자 괜스레 화가 치솟았지만 애써 화를 억눌렀다.

"여기는 어딥니까?"

풍월이 환한 웃음을 짓고 자신을 바라보는 선장에게 물었다.

"어디긴 어디냐? 당연히 천당이지."

누군가의 웃음기 가득한 대답에 풍월의 몸이 움찔했다.

그대로 주먹이 날아갈 뻔한 것을 간신히 참았다.

어처구니없어 하는 풍월의 반응을 보며 대표두 장무선이 핀잔을 주었다.

"쓸데없는 소리는 하시지 말고. 자, 우선 요기나 시킵시다. 생가를 오가는 고생을 했으니 얼마나 시장하겠습니까."

장무선이 어딘가를 향해 손짓을 했다. 잠시 후, 김이 모락모락 나는 죽이 풍월 앞에 놓였다.

"급하게 끓이느라 맛은 없을 것이네. 그래도 준비하는 것이 쉽지는 않았으니 정성을 생각해서 많이 들게."

이미 주변 상황을 완벽히 파악한 상태였다. 다소 약해지기는 했어도 폭풍우는 여전했고 파도에 의한 배의 요동 또한 만만치 않았다. 그런 상황에서 죽을 준비했다는 것은 정말 보통 노력으론 불가능한 것이었다.

"고맙습니다."

고개를 숙인 풍월은 누가 말릴 사이도 없이 허겁지겁 죽 그

릇을 비웠다.

눈 깜짝할 사이에 죽을 비운 풍월이 천천히 몸을 일으키더니 선장과 장무선을 비롯해서 자신을 구경하듯 바라보고 있는 모든 이들에게 정중히 허리를 숙였다.

"감사합니다. 덕분에 살았습니다."

"아니네. 위험에 빠진 사람을 구하는 것은 당연한 도리지."

"이 또한 자네의 복. 참으로 운이 좋았네."

장무선과 선장의 겸양 어린 대답과는 달리 처음부터 그를 구하는 데 소극적이었던 부선장이 한숨을 내쉬며 말했다.

"우리가 자넬 구하기 위해 얼마나 큰 위험을 무릅썼는지를 알아야 해."

"부선장."

선장이 인상을 찌푸리자 부선장이 쓴웃음을 지으며 말했다.

"그렇지 않습니까? 결과가 좋아서 정말 다행이지만 솔직히 무모한 결정이었습니다."

"꼭 나보고 들으라고 하는 소리 같군. 분명 내가 모든 책임을 진다고 한 것 같은데."

장무선이 불쾌한 표정으로 말했다.

"그건 아닙니다. 다만……."

뭐라 변명을 하려던 부선장은 이야기가 계속될수록 자신의 입장만 곤란해질 것이라 판단하고 입을 다물었다.

풍월은 몇 마디 말을 듣고는 돌아가는 상황을 곧바로 파악했다.

"다시 한번 감사드립니다. 제가 대협의 존함을 알 수 있을까요?"

"대협은 무슨. 장무선이라고 하네."

장무선은 대협이란 소리에 손사래를 쳤지만 그래도 기분은 꽤나 좋은 듯했다.

"자네의 이름은 무엇인가?"

장무선의 질문에 풍월은 아차 싶었다.

"죄송합니다. 제 이름을 먼저 말씀드려야 하는데 무례를 저질렀습니다. 화도에서 온 풍월이라 합니다."

"화… 도?"

들어본 적이 없는 이름이다.

장무선이 고개를 갸웃거리며 주변을 돌아보았으나 아무도 그 이름을 아는 것 같지 않았다. 심지어 선장 역시 모르겠다는 듯 고개를 저었다.

"미안하지만 잘 모르겠군. 자네는 아는가?"

선장이 누구보다 경험이 많은 갑판장에게 물었다.

"글쎄요. 저도 들어본 적이 없는 이름입니다."

갑판장이 의아한 표정으로 고개를 저었다.

"아, 죄송합니다. 저희끼리는 꽃이 많다고 하여 화도라고 부르지만 다른 사람들은 풍어도라 칭합니다. 뭍에서 워낙 멀리 떨어진 곳에 있는 조그만 섬이라 그마저도 아는 사람이 드물지만요."

괜한 의심을 살 필요가 없다고 여긴 풍월은 화도의 해적들에게 들은 적이 있는 풍어도란 섬의 이름을 팔았다.

"아, 풍어도."

갑판장이 아는 체를 하자 선장이 얼른 물었다.

"아는가?"

"알지는 못하지만 들어본 적은 있습니다."

그때였다. 풍월의 왼편에서 누가 들어도 괜스레 미소를 지을 만큼 아름답고 고운 음성이 들려왔다.

"해남도에서도 남쪽으로 한참을 더 내려가야 있는 곳이지요. 설마하니 이런 곳에서 풍어도의 주민을 만날 줄은 몰랐네요."

모두의 시선이 목소리의 주인에게 향했다.

이십대 초반의 여인, 폭풍우를 견디느라 고생을 했는지 꽤나 수척한 얼굴이었으나 가녀린 몸매와 미모만큼은 주변을 환히 밝힐 정도로 아름다웠다.

그녀와 반걸음 물러난 후미에 호위처럼 보이는 두 사내가 서 있었는데 그 어떤 무례도 용서치 않겠다는 듯 모두에게 날카로운 시선을 뿜어내고 있었다.

"육 소저, 아, 죄송합니다. 육 부인께서도 아시는 곳입니까?"

장무선이 말실수를 황급히 사과하며 물었다.

"저도 들어만 봤어요. 다만 그곳에서 나는 진주는 잘 알지요. 은빛을 띠는 보통의 진주와는 달리 적갈색을 띠는 진주는 해남도에서 꽤나 유명한 보물입니다."

"아, 그렇군요. 멀리 있는 섬에 보물이 있었군요. 이거, 상단의 큰형님이 들으면 정말 좋아할 정보입니다."

장무선이 귀한 물건이라면 사족을 못 쓰는 화영상단의 누군가를 떠올리며 웃었다.

좋은 정보를 얻었다고 좋아하는 장무선과는 반대로 태연히 웃고 있는 풍월은 묘한 눈빛으로 육 부인을 바라보았다.

'하! 이 여자, 아니, 아줌마 보게나.'

쓸데없는 관심과 오해를 피하기 위해 대충 둘러대기는 했지만 풍어도가 어떤 곳이라는 것은 대충 알고 있었다.

풍월은 약탈한 물고기를 나르느라 몸에 밴 비린내가 열흘을 갔다고 하며 몸을 긁던 갈충을 떠올리며 피식 웃었다.

뭔가 약탈을 하려고 해도 쥐뿔도 없는, 그저 있는 것이라곤 풍어도라는 이름답게 사방 천지에 널려 있는 물고기뿐이라고 했던가.

'나이도 어린 아줌마가 고단수네. 그 짧은 시간에 날 떠볼

생각을 하다니.'

장단을 맞춰주고 어찌 나오나 보고 싶었지만 지금은 심신이 피곤한 상태인지라 만사가 귀찮았다.

풍월이 모른 척 고개를 갸웃거렸다.

"어, 이상하네요. 풍어도는 물고기밖에 없는 곳인데요."

"그럴 리가! 방금 육 부인께선 특별한 진주가 난다고 하셨건만."

"진주가 가끔 나기는 하지만 그다지 별다른 것도 없어요."

"별다른 것이 없다니? 하면 육 부인께서……."

눈살을 찌푸리며 반문을 하려던 장무선이 갑자기 입을 다물었다. 지금 벌어진 상황이 어떤 상황인지 비로소 깨달은 것이다.

"이런, 제가 잘못 알고 있는 모양이네요. 풍어도가 아니었나요?"

육 부인이 좌측의 호위를 돌아보며 물었다.

"예, 풍어도가 아니라 금선도입니다."

"아, 그렇군요. 금선도였어요. 미안해요, 제가 착각을 했습니다."

육 부인이 장무선을 향해 고개를 숙였다.

"아닙니다."

장무선은 쓴웃음을 짓고 말았다.

"한데 그 먼 곳에서 어쩌다가 여기까지 오게 된 건가? 행색을 보니 고기잡이를 나온 것 같지는 않고."

선장이 물었다.

"예, 평생을 섬에서 지내다가 넓은 세상을 알고자 뭍으로 오던 길에 풍랑을 만나 그리되었습니다."

"이런!"

"쯧쯧, 얼마나 많은 이들이 목숨을 잃었을꼬."

곳곳에서 장탄식이 들려왔다. 단순하게 고기잡이를 하려다 조난된 것이 아니라면 아마도 상선이나 여객선을 이용했을 터.

풍랑으로 인해 꽤나 많은 이들이 목숨을 잃었을 것이라 착각을 한 것이다.

"대체 며칠이나 바다를 떠돈 겐가?"

장무선의 질문에 풍월이 고개를 저었다.

"글쎄요. 잘 모르겠습니다."

"그 정도인가? 허! 자네의 명운도 참으로 대단하군."

장무선은 물론이고 곳곳에서 다시금 탄성이 터져 나왔다.

"아무튼 목숨을 구해주신 은혜는 반드시 갚겠습니다."

풍월이 장무선을 향해 정중히 머리를 숙였다.

"은혜라 여길 것 없네. 사람의 목숨을 구하는 일을 누가 마다하겠나. 마음 쓰지 말게나."

"아닙니다. 저를 길러주신 할아버지들께서 말씀하시길 은혜를 입고도 갚을 줄 모르면 금수와 같다고 하셨습니다. 하물며 구명지은(求命之恩)을 어찌 잊을 수 있겠습니까?"

장무선은 이제 겨우 약관을 지났을 법한, 게다가 평생을 섬에서 살다가 난생처음 뭍으로 나온 순진한 청년이 구명지은 운운하자 마음 한편이 따뜻해지면서도 괜스레 장난을 치고 싶은 마음이 생겼다.

"흠, 할아버님께서 강호의 도리를 제대로 가르치셨군. 한데 이걸 어찌해야 할지 모르겠군. 자네를 구한 사람은 내가 아니네."

"예? 방금 제가 듣기론 모든 책임을 대협께서 지신다고, 저를 구하라 하셨다고… 아닙니까?"

"그렇긴 하지만 그렇다고 나 혼자 구한 것은 아니란 말이네."

"무슨 뜻인지 모르겠습니다."

"잘 들어보게. 최초로 자네를 발견한 사람이 바로 저 친구일세."

장무선이 홍추를 가리켰다. 지목당한 홍추가 슬며시 손을 들며 웃었다.

"저 친구가 자네를 발견하지 못했다면 배를 돌리진 않았겠지. 또한 바다에 뛰어들어 자네를 구한 사람이……."

장무선이 말끝을 흐리자 이미 그의 의도를 파악하고 웃고 있던 선장이 머리에 두건을 말고 있는 홍추 또래의 젊은 청년을 가리켰다.

"선원 용패가 자네를 구했네. 허리에 밧줄을 묶고 있었다지만 섬에서 살았다면 이런 거친 바다에 뛰어든다는 것이 얼마나 위험한 일인지는 모르지 않을 터."

"뭘요. 뱃놈이라면 그 정도야 다 하는 거죠."

용패가 어색한 웃음을 흘리며 고개를 숙였다. 그를 바라보는 풍월의 눈동자에 기광이 스쳐 지나갔다.

"자네를 갑판으로 끌어올렸을 때 상태가 좋지 않았네. 호흡은 거의 끊어질 듯 미약했고 온몸은 얼음장처럼 차가웠지. 그런 자네를 위해 육 부인께서 영단을 사용하셨네. 내 자세히는 모르지만 갑판을 뒤덮는 향만으로도 그 가치가 어떤지 느낄 수 있는 영단이었어."

"그렇게 귀한 건 아니니 신경 쓰지 말아요."

육 부인이 싱긋 웃으며 손을 저었다.

풍월이 새삼스러운 눈길로 육 부인을 바라보았다.

단전 아래쪽에서 확실히 이질적인 기운이 느껴졌다. 이 정도의 느낌이라면 귀한 것이라는 장무선의 말이 거짓이 아닌 듯싶었다.

"자, 어떤가? 이만하면 배를 돌리라 명하긴 했어도 자네를 구한 사람이 꼭 나라고 할 수는 없지 않겠나?"

질문을 하는 장무선의 표정은 마치 꼬마 아이에게 대답하기 어려운 물음을 던지고 답을 기다리는 사람처럼 개구졌다.

그건 다른 이들도 마찬가지였다.

잠시 침묵하던 풍월은 장무선이 언급한 모두에게 일일이 허릴 숙여 인사를 했다.

"감사합니다. 오늘의 은혜는 제가 반드시 갚겠습니다. 그 증표로 여러분들께……."

말을 흐린 풍월이 뭔가를 찾는다는 듯 좌우로 고개를 돌렸다.

"이걸 찾는가?"

선장이 봇짐을 건네주었다. 혹시나 잃어버린 것은 아닌지 걱정을 했던 풍월이 안도를 하며 고개를 숙였다.

"감사합니다."

재빨리 봇짐을 살피던 풍월의 안색이 어두워졌다.

봇짐 안에 있던 거의 모든 물건들이 사라졌고 남은 것들 또한 대부분이 못 쓰게 변해 버렸다.

그나마 다행이라면 송산과 광혼이 남긴 비급을 보관하고 있던 목함과 천마총의 장보도가 담긴 원통은 무사하다는 것이다.

'하늘이 도왔다. 입구를 밀봉하지 않았으면 큰일 날 뻔했네.'

그래도 혹시 몰라 당장 밀봉을 뜯어 상태를 확인하고 싶었으나 워낙 많은 이들의 눈이 있어 그렇게 할 수가 없었다.

'그런데 주머니는…….'

이리저리 봇짐을 살피던 풍월의 표정이 참담하게 변했다.

재밌다는 표정으로 지켜보던 사람들은 풍월이 봇짐을 뒤질 때만 해도 단순히 사례를 하려고 한다고 여겼다. 낯선 세상으로 향하는 길이었으니 아마도 섬에서 떠나올 때 제법 풍족한 금전을 들고 왔으리라.

하지만 풍월의 표정이 어두워지는 것을 보고는 뭔가 일이 틀어졌다는 것을 느꼈다.

"하하! 농으로 한 말일세. 자네를 구한 것은 단순히 공치사를 듣거나 사례를 받기 위함이 아니야. 그러니 신경 쓰지 말게. 안 그렇습니까?"

장무선이 육 부인을 돌아보며 물었다.

"맞아요. 사람을 구하는 일만큼 중한 일은 없지요."

육 부인이 환하게 웃으며 말하자 다들 한마디씩을 건네며 풍월을 위로했다.

그들 모두는 풍월의 봇짐에 든 돈주머니가 없어졌다고 추측했으나 그건 완벽한 착각이었다.

풍월이 그들에게 주려한 것은 돈이 아니라 화도를 떠날 때 준비한 명패였다.

'하필이면 명패가 든 주머니가 없어지다니.'

신물로 사용하려던 명패가 담긴 주머니가 사라진 것을 확인한 풍월은 보통 상심한 것이 아니었다.

그 옛날, 검황이 자신을 도와준 이들, 혹은 그가 갚아야 할 빚이 있는 자들에게 신물을 남기고 그 신물을 지닌 자들에게 반드시 도움을 주었다는 내용을 읽었을 때 얼마나 가슴이 뛰었던가!

무림에 나가게 되면 자신 역시 그와 같은 신물을 남기겠다고 굳게 결심하고 애써 준비한 명패였다. 그것이 풍랑 속에 신기루처럼 사라진 것이다.

전신의 기운이 쏙 빠지고 온몸이 부들부들 떨렸다.

"염병할! 왜 하필 그거냐고!"

풍월의 절망 섞인 욕설은 때마침 배를 후려친 파도 소리에 조용히 묻혔다.

*　　　*　　　*

항해는 배의 상태를 감안했을 때 생각보다는 순조로웠다.

언제 폭풍이 몰아쳤냐는 듯 맑은 날씨가 계속 이어진 덕분이기도 하지만 무엇보다 노련한 선장과 선원들의 피나는 노력이 있었기에 가능한 일이었다.

표류하던 풍월이 구조를 받고 배에 오른 지 사흘, 이제 만 하루만 더 항해를 하면 배의 목적지인 항주에 도착한다.

"아으아!"

풍월이 온몸을 뒤틀며 기지개를 켰다.

갑갑한 선실에 처박혀 있는 것이 죽기보다 싫었기에 갑판에 나와 있기는 했지만 지루하기는 매한가지였다.

뭔가 새로운 것, 재밌는 일이 없을까 고개를 돌리던 그의 눈에 느슨해진 돛대줄을 잡아당기고 있는 용패의 모습이 들어왔다.

땀을 뻘뻘 흘리며 줄을 당기는 그의 모습을 물끄러미 바라보는 풍월의 입가에 묘한 웃음이 지어졌다.

"내일이면 도착한다고 했으니까 이제 대화를 나눌 때가 되었나."

풍월은 물주머니를 손에 들고 용패의 일이 끝나기를 기다렸다.

일각 정도의 시간이 흐르고 작업을 끝낸 용패가 숨을 돌릴 때였다.

"자요."

어느새 다가간 풍월이 물주머니를 내밀었다.

"고, 고맙습니다."

풍월의 등장에 용패의 눈동자가 크게 흔들렸다. 물주머니를 받는 손길도 은근히 떨렸다.

"한 번 묶으면 그만인 줄 알았는데 꽤나 손이 가네요."

풍월이 바람을 안고 크게 부푼 돛과 그 돛을 고정시킨 줄을 가리키며 말했다.

"아, 아무래도 그렇지요. 게, 게다가 풍랑으로 도, 돛도 많이 손상을 입은 터라."

풍월이 용패의 옆구리를 툭 치며 물었다.

"왜 그렇게 떨어요? 누가 잡아먹어요?"

"히끅!"

소스라치게 놀란 용패가 물주머니를 떨어뜨렸다.

"에헤이, 이 귀한 물을."

풍월이 바닥에 떨어진 물주머니를 황급히 집어 올리며 혀를 찼다.

"죄, 죄송합니다."

"뭐, 죄송할 거까진 없고."

피식 웃은 풍월이 얼마 남지 않은 물주머니를 건네며 조용히 물었다.

"용 형은 내가 누군지 아는 모양이네?"

"무, 무슨 말을 하는 건지……."

자신도 모르게 뒷걸음질 치는 용패의 얼굴이 파랗게 질렸다.

"화도. 아, 모른다고 하진 말고요. 일전에 화도라는 말을 했을 때도 그렇고 지금도 그렇고 절대 모른다는 표정이 아니니까."

풍월이 용패의 어깨에 슬며시 손을 올리자 용패의 몸이 석상처럼 딱딱하게 굳었다.

풍월이 용패의 소매를 걷어 팔목을 확인했다.

구릿빛 피부에 자잘한 상처가 많았지만 딱히 이상한 점은 없었다.

"아참, 여기가 아니었지."

손을 틀어 목덜미의 옷깃을 뒤집었다. 용패는 감히 반항을 하지 못했다.

용패의 왼쪽 목덜미에 희미한 그림이 새겨져 있는 것을 발견한 풍월이 손가락을 튕겼다.

"역시. 어, 그런데 전갈이네. 그때, 고개를 숙였을 땐 해골로 보였는데. 일단 적골단은 아니라는 거고. 흠, 전갈이면 어디더라. 해천방이던가? 아니지. 해천방의 상징은 전갈이 아니라 개미였지. 미친놈들. 해적이 개미가 뭐야, 개미기."

거친 말을 내뱉으며 이리저리 머리를 굴리던 풍월은 아무리 생각해도 기억이 나지 않는다는 듯 고개를 흔들곤 짜증 섞인 음성으로 물었다.

"거, 어디요?"

"흐, 흑갈단입니다."

마치 묻기만을 기다렸다는 듯 용패가 즉시 대답했다.

적골단과 해천방을 언급했다는 것은 이미 자신의 정체를 확신하고 있다는 것이다. 괜히 거짓말을 하다가 무슨 꼴을 당할지 몰랐다.

남해 바다에 근거지를 두고 있는 해적 중 화도를 모르는 해적은 존재하지 않았다. 그리고 그 공포까지도.

몇 년 전, 말 몇 마디 잘못 놀렸다가 어린 풍월에게 흑갈단주가 박살이 나는 것을 직접 보기까지 하지 않았던가. 감히 속일 엄두를 내지 못했다.

"아, 맞다. 흑갈단. 몇 년 전에 해천방 놈들한테 박살이 나고 쫓겨났다고 하던데 용케도 살아 있는 모양이네."

"근거지만 옮겼습니다."

"거 참. 한번 밀려났으면 아예 은퇴를 하고 새로운 삶을 꾸려야지. 뭐 볼 게 있다고 여전히 해적질을 한단 말이오."

"죄, 죄송합니다."

용패가 머리를 조아렸다.

"아니, 나한테 죄송할 건 없고. 그런데 공격은 언제 한답니까? 도착지가 코앞이라 이제 시간이 별로 없는 것 같은데."

"고, 공격은 없습니다."

용패가 당황하여 고개를 흔들었다.

"공격이 없다? 하면 그냥 돌아갔다는 거?"

풍월이 인상을 찌푸리자 용패가 겁에 질린 얼굴로 침을 꿀꺽 삼켰다.

"이, 이 배는 처음부터 공격 대상이 아니었습니다."

"아니, 왜?"

풍월의 반응이 이상하게 신경질적이었다.

"워, 원래는 배가 하문을 떠났을 때 바로 공격을 하려 했습니다만 화영표국의 대표두를 비롯해서 이름난 표사들도 제법 많이 승선했고, 황산진가로 돌아가던 육 부인과 그녀를 호위하기 위한 무인들까지 탑승을 했습니다. 무엇보다 해남파의 고수가 배에 오른 것을 아는 상황에서 공격을 할 수는 없지요. 애당초 수준이 다르니까요."

"아, 맞다. 육 부인."

풍월의 입에서 안타까운 탄식이 흘러나왔다.

"황산진가의 며느리라고 했었지. 해남파의 여식이기도 하고."

"그렇습니다."

"하긴, 해적들이 상대하긴 그렇지. 특히 그 두 사람은 제법 강한 것 같기도 하고."

풍월이 육 부인의 좌우를 지키던 사내들을 잠시 떠올리며 고개를 주억거렸다.

하지만 표정을 보니 강하거나 말거나 그다지 관심이 없는 듯했다.

"아무튼 공격이 없는 건 확실한 거요?"

"예."

"제길! 망했네. 적당히 도움을 주고 화영표국에 진 빚을 털어버릴까 했는데."

용패는 해적들이 공격하지 않는다는 것을 진심으로 아쉬워하는 풍월을 보며 입을 쩍 벌렸다.

지금껏 자신의 정체를 알면서도 모른 척한 이유가 혹여 해적들이 공격을 멈출까 걱정했기 때문이란 생각을 하자 전신에 소름이 돋았다.

"일이 이렇게 된 이상 화영표국에 진 빚을 갚는 것은 차차 생각해 보기로 하고……."

풍월의 시선이 불안에 떠는 용패에게 향했다.

"흠, 바다에서 나를 건져준 은혜는 어찌 갚아야 할지 모르겠네."

"은혜랄 것도 없습니다. 제가 아니라면 누구라도 나섰을 테니까요. 풍 공자께선 절대 신경 쓰지 마십시오."

용패가 필사적으로 고개를 흔들었다.

"날 언제부터 봤다고 공자는. 어쨌거나 은혜를 입으면 반드시 갚는다는 것이 내 신조요. 하니 원하는 게 있으면 말해봐요."

"없습니다. 절대로 없습니다. 있어도 없습니다."

기겁한 표정으로 양손을 내젓는 용패는 자신이 무슨 말을 내뱉는지도 모르고 있었다.

"참네. 그럴 수는 없다니까."

풍월이 나직이 소리를 쳐 단숨에 용패의 입을 막아버렸다.

"금전적으로 갚기도 뭐하고 그렇다고 해적질을 도와줄 수도 없고, 이것 참 고민일세."

오른쪽 검지 손톱으로 관자놀이를 벅벅 긁으며 생각에 잠긴 풍월을 보며 용패는 어떤 결론이 내려지든 그저 자신이 무사할 수 있는 결론이 내려지길 빌고 또 빌었다.

제법 긴 시간 동안 고민을 하던 풍월이 마침내 결론을 내렸다.

"그럼 이렇게 하죠."

풍월은 장고 끝에 내린 결론을 용패에게 전했다.

설명을 듣는 용패의 안색은 검게 변하다 못해 아예 썩어버릴 정도였다.

감히 거절도 못했다. 그러기엔 화도가 주는 공포가 너무도 크게 다가왔다.

『검선마도』 2권에 계속…